전능의 팔찌

THE OMNIPOTENT BRACELET

김현석 현대 판타지 소설
FUSION FANTASTIC STORY

전능의 팔찌 31

김현석 현대 판타지 소설

초판 1쇄 찍은 날 § 2013년 12월 19일
초판 1쇄 펴낸 날 § 2013년 12월 26일

지은이 § 김현석
펴낸이 § 서경석

편집부장 § 권태완
편집책임 § 박은정

펴낸곳 § 도서출판 청어람
등록번호 § 제1081-1-89호
등록일자 § 1999. 5. 31
어람번호 § 제1-1736호

주소 § 경기도 부천시 원미구 심곡2동 163-2 서경B/D 3F (우) 420-822
전화 § 032-656-4452 팩스 § 032-656-4453
http://www.chungeoram.com
E-mail § E-mail § chungeorambook@daum.net

ISBN 978-89-251-3631-8 04810
ISBN 978-89-251-2596-1 (세트)

전능의 팔찌

THE OMNIPOTENT BRACELET

31

FUSION FANTASTIC STORY

김현석 현대 판타지 소설

청람

CONTENTS

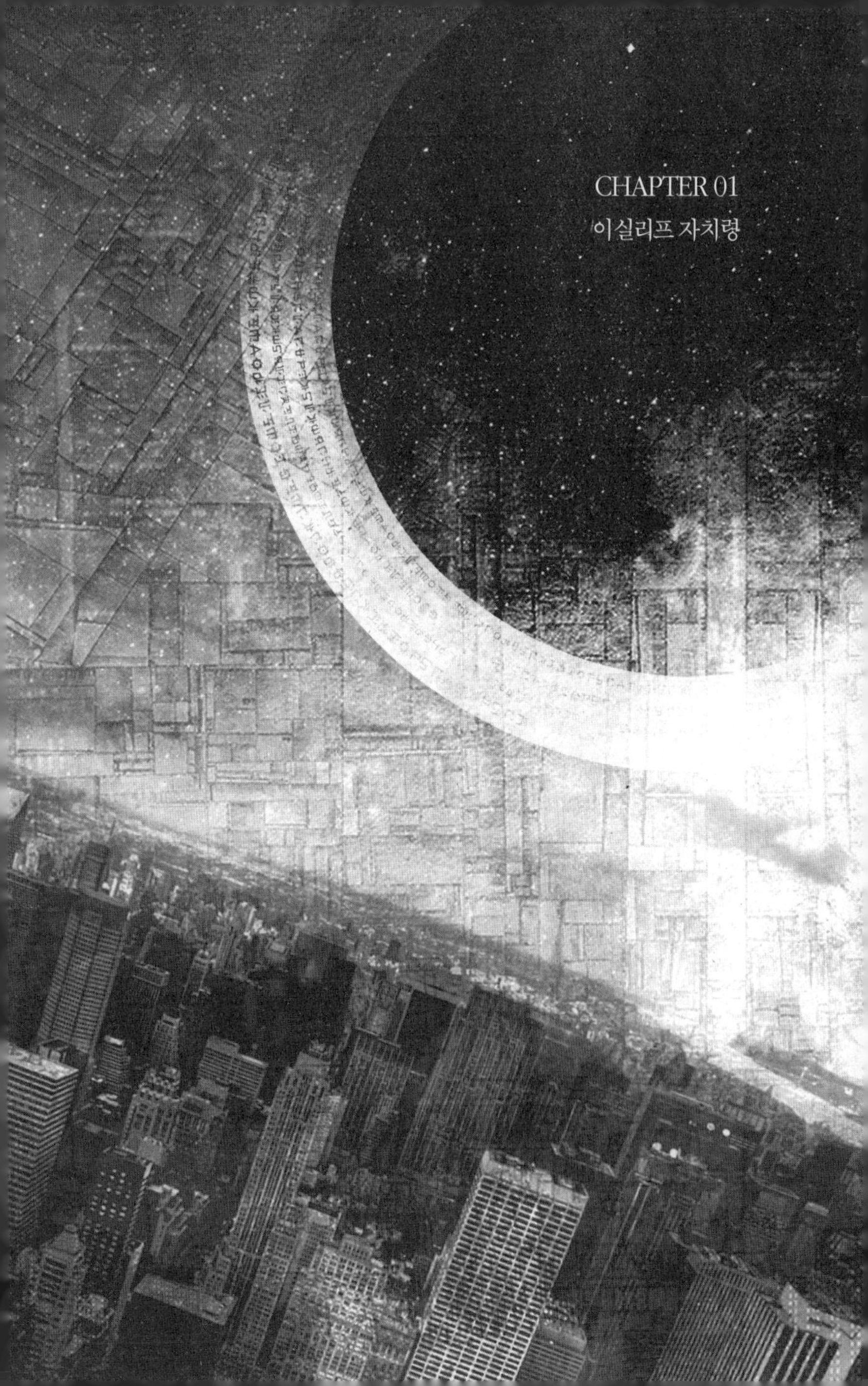

CHAPTER 01
이실리프 자치령

"끄응! 나 이제 어떻게 하지?"

하만스가 멍하니 저택을 바라보며 중얼거린 말이다.

같은 시각, 현수는 토마스 등과 더불어 이실리프 자치령으로 텔레포트하고 있었다.

카이엔 제국과 라이셔 제국에서 얻은 인연을 모조리 데려간 것이다. 이 중에는 로이어 영주성을 찾느라 헤맬 때 만난 화전민도 포함되어 있다.

이런 연유로 시간이 제법 지체되어 이실리프 자치령에 당도한 것은 12월 13일 새벽이다.

"여, 여기가……?"

스타이발 후작이 로브의 모자를 벗으며 사방을 둘러본다.

"그렇다네. 이실리프 자치령의 심장부가 될 곳이지."

"아!"

이른 새벽이다

차갑고 매서운 바람이 불어 장갑을 끼지 않았다면 손이 곱아 제대로 일을 할 수 없을 정도이다.

하지만 벌써 작업을 시작한 드워프와 인간들은 전혀 그런 모습을 보이지 않고 있다.

모두 항온마법진을 갖고 있기 때문이다. 당연히 추위 따위는 느끼지 않는다. 힘쓰며 일을 해도 땀이 나지 않는다.

일정한 체온이 유지되도록 되어 있기 때문이다.

"어이, 거기! 그래, 키 큰 친구. 그거 천천히 들어. 양쪽에서 균형을 잡아가면서. 알았지?"

"네, 걱정 마십쇼."

드워프의 말에 사내 둘이 커다란 통나무를 들어 올린다. 나중에 현수 일가가 머물게 될 한옥을 짓는 현장이다.

"자, 일단 거처부터 마련해 주지. 따라오게."

"네, 마스터!"

현수의 뒤를 따라 전장의 학살자 토마스, 스타이발 후작, 리히스턴 자작 등이 이동했다.

잠시 후, 여러 개의 컨테이너가 꺼내졌고, 가져온 짐을 풀었다. 공간 확장 마법이 걸린 이것의 내부에는 이 층 침대가 설치된다. 물론 솜씨 좋은 드워프들이 인간 조수들과 힘을 합쳐 만들어낼 것이다.

처음 당도한 이들은 여기저기 널려 있는 현장을 보며 입을 딱 벌린다. 웅대한 규모와 정교한 솜씨에 감탄한 것이다.

뚝딱뚝딱, 쓱싹쓱싹, 뚝딱뚝딱, 파앙퍼억, 뚝딱뚝딱!

여기저기서 망치질 소리, 도끼 소리, 톱질하는 소리로 요란하다. 그러면서 작업 지시가 잇달아 내려지고 있다.

모두들 제 집을 짓는 마음으로 작업에 임하는지 찍소리하지 않고 지시에 따라 일사불란하게 움직이고 있다.

드워프 1,500명에 인간 15,000명이 빚어낸 광경이다.

"허어! 대단하군요!"

"그렇지? 모두들 열심히 하고 있네."

리히스턴 자작의 감탄에 현수가 흐뭇하다는 표정을 짓는다. 이때 누군가 확성기에 대고 크게 소리를 지른다.

"모두들 작업 중지! 작업 중지! 작업 중지!"

뚝딱뚝딱, 쓱싹쓱싹, 뚝딱뚝딱, 파앙퍼억, 뚝딱뚝딱!

"……!"

"아침 배식 실시한다! 정해진 순서에 따라 식당으로!"

"와아! 아침 식사다! 가자, 식당으로!"

하던 일을 멈추고 일부가 빠져나간다.

워낙 인원이 많기에 동시에 식사하기는 불가능하다. 아직은 그럴 만한 공간이 마련되지 않은 까닭이다

하여 조를 나눠 차례로 식사를 한다. 메뉴는 매일 바뀌고, 음식은 맛있다. MSG[1]를 꺼내놓은 때문이다.

지구에선 이걸 먹으면 인체에 해롭다는 의견이 대두되어 있다. 하지만 현재까지 그 어느 곳에서도 유해성이 입증되지 않았다.

어떤 전문가는 MSG가 무해하다는 의견을 내놓기도 했다.

아무튼 현수가 이걸 꺼내놓은 이유는 음식의 맛을 좋게 하기 위함이 주목적이다.

그렇게 함으로써 식사량이 늘어나게 된다.

이곳 사람들을 보면 북한 주민이 떠오른다.

음식의 섭취량도 적지만 균형 잡힌 식사를 하지 못해 여러 질병에 시달리고 있다.

신선한 과일과 채소를 공급받기 힘들어 그런지 괴혈병(壞血病, Scurvy)이 특히 많아 보였다.

모세혈관이 약해져서 인체 조직 속에 쉽게 출혈이 생겨 겉보기에 멍이 든 것처럼 보인 것이다. 그리고 잇몸에서 피가 나고 잇몸이 물러지면서 치아가 흔들거린다.

---

1) MSG(Monosodium L—glutamate) : L—글루타민산나트륨. 인공 감미료.

각기병(脚氣病, Beriberi)도 많아 보였다.

이는 영양실조로 인한 것으로 항상 다리가 부어 있고, 부은 다리를 손가락으로 누르면 들어간 살이 나오지 않는 증상을 보인다.

중학교 과학 시간에는 비타민 결핍증[2]에 대해 교육한다.

이것을 표로 구분해 보면 다음과 같다.

	명 칭	결핍증
지용성	레티놀(A;Retinol)	야맹증, 성장불량
	칼시페롤(D;Calciferol)	구루병, 골연화증
	토코페롤(E;Tocopherol)	세포막 파괴
	필로키논(K;Phylloquinone)	혈액 응고 지연
수용성	티아민(B_1;Thiamine)	각기병
	리보플래빈(B_2;Riboflavin)	피부염(구순염)
	피리독신(B_6;Pyridoxine)	피부염
	엽산(Folic acid)	빈혈
	코발라민(B_{12};Cobalamin)	악성 빈혈
	아스코르브산(C;Ascorbic acid)	괴혈병

거의 대부분이 이런 증상을 보였기에 일단은 영양가가 있고 균형 잡힌 식사가 우선이라 생각했다.

2) 비타민 결핍증(Vitamin Deficiency) : 비타민 부족에 의한 생리적 기능 장애의 총칭.

하여 입맛을 돋우기 위해 MSG를 준 것이다.

이들이 공급받는 식품 중 육류는 케이상단 제7지부에서 전량 공급되는 중이다.

육류 등 식재료가 운반되는 마차에는 보존마법진 이외에도 항온마법진이 중첩되어 있다.

냉장고와 같은 온도를 유지하도록 조치를 취한 것이다. 따라서 육류의 신선도는 지구와 다를 바 없다.

어쨌거나 모든 인원에게 푸짐한 식사가 제공되는 중이다. 하지만 온수 목욕까지는 제공하지 못한다.

아직은 쌀쌀한 추운 겨울인지라 건물이 웬만큼 지어지면 그때나 실현될 일이다.

겨울이라 이곳에선 신선한 채소와 과일류를 구할 수 없다.

하여 아공간에 담겨 있던 90톤에 달하는 열대과일을 꺼내놓았다. 이건 러시아에 금괴를 보낼 때 위장하기 위해 매입했던 것들이다. 바나나, 파인애플 등 상당히 종류가 많다.

이것마저 다 먹어치우면 가락동 농수산물시장이라도 가야 한다. 백두마트에서 가져온 채소와 과일류도 전부 꺼내놓았기 때문이다. 이제 더 이상은 없었다.

"로드, 아직 체계는 잡혀 있지 않은 것 같습니다."

사방을 면밀히 살핀 스타이발 후작의 말이다.

"맞네. 아직은 그렇지. 드워프들이야 일족이니 족장이 알아서 잘 인도하지만 인간은 세 무리라 할 수 있네."

브론테 왕국에서 온 5,000여 명과 라이셔 제국 하켄 공작의 병사 10,000명이 두 무리이고, 나머지가 한 무리이다.

알베제 마을은 이곳으로부터 약간 떨어진 곳에 있기에 아직은 독립적인 생활을 하고 있다.

하지만 언제까지고 소규모 마을로 있을 수는 없다.

하여 하켄 공작령에서 데리고 온 화전민을 그쪽으로 보낼 생각이다.

이 밖에도 여기저기에서 흘러든 유민들의 숫자가 상당하다. 나이즐의 말에 의하면 숫자가 나날이 늘어나는 중이다.

테리안 왕국의 귀족 중 폭정을 일삼는 영지에서 온 사람들이 대부분이다.

언제고 문제가 될 수 있기에 이건 일찌감치 선을 그어야 한다. 테리안 왕국의 귀족이 불만스러울 것이기 때문이다.

뿐만이 아니다. 기사와 마법사들의 유입도 꾸준히 늘고 있다. 그랜드 마스터이자 매지션 로드인 현수에게 배움을 청하려고 오는 인물들이다.

"일단 체계를 잡으심이 좋을 듯합니다."

"그렇지? 그럼 그거부터 손을 볼까? 자네들은 일단 구경부터 하고 오게. 난 이곳에 있을 터이니."

"네, 로드!"

스타이발 후작, 토리나 백작, 리히스턴 자작이 일제히 고개를 숙인다.

모두 물러가자 별도의 컨테이너를 꺼냈다. 그리곤 현 인원에 대한 배분 및 체계를 구상했다.

경기도의 면적은 10,184㎢이다. 이곳엔 28개 시와 3개 군, 그리고 110개 면과 396개 동이 밀집되어 있다.

전체 인구는 1,240만 명 정도 된다.

이실리프 자치령의 규모는 12,000㎢ 정도이다.

경기도보다 약간 크다. 공사 중인 이곳을 제외하면 알베제 마을 하나뿐이다.

드워프들을 제외한 현 인구는 대략 18,000명이다. 땅은 더 넓은데 인구는 경기도의 680분지 1 정도 된다.

"일단 모든 병사를 헤쳐 모여를 시켜야겠군."

그냥 놔두면 전라도와 경상도가 대립하는 것처럼 지역감정이 생기게 될 것이다.

서로 살아온 환경과 습관이 다르기 때문이다.

하여 모두를 섞은 뒤 이를 등분할 생각을 했다.

100명씩 한 개 마을로 구성할 예정이다. 이들을 대표하는 건 촌장이다.

열 개의 촌이 모이면 군수가 된다. 1,000명을 다스리는 우두머리가 군수인 것이다.

다섯 명의 군수를 지휘하는 자는 시장이다. 총원 5,000명을 이끌게 된다.

처음엔 촌락이라 하기에 규모가 너무 작고, 군수와 시장 역시 명칭이 과하다 생각했다. 하지만 이들의 가족까지 감안하면 아주 적지는 않다.

아르센 대륙의 경우는 가족 단위가 지구와 다르다.

가족 모두에게 별탈이 없을 경우 가장 이외에 노부모와 처, 그리고 자녀들로 구성된다.

피임이랄지 가족계획 같은 게 없기에 적어도 네 명 이상의 자녀를 낳는다. 많게는 아홉 명이 넘을 때도 있다.

물론 의료 혜택이 열악하기에 이들 모두가 생존하는 경우는 드물다. 하여 한 가정의 평균 인원은 일곱 명 정도이다.

이는 드리튼 백작의 영지에서 오는 사람 수와 연관하여 계산해 보면 명확하다.

현재 테리안 왕국을 가로질러 이곳으로 오고 있는 가족 수는 대략 30,000명이다.

이곳에 있는 병사 5,000명의 여섯 배이다.

이들 둘을 합치면 5,000 가구 35,000명이 된다. 대륙 평균인 가구당 일곱 명 꼴이다.

아무튼 이를 감안하면 촌장은 700명을 관장한다.

군수는 7,000명이고, 시장은 35,000명을 이끄는 존재이다.

지구와 같은 세분화된 행정 시스템이 존재하지 않으므로 이 정도만 해도 관리하기 버거울 것이다.

현재 이실리프 자치령에 있는 사람 수는 18,000여 명이다. 일단 세 개의 시를 만들 인원은 된다.

하여 세 명의 시장 후보로 드리튼 백작, 스미스 백작, 가가린 백작을 물망에 올려놓았다. 모두 영지를 다스린 경험이 있으니 별문제 없을 것이다.

이들에겐 병사 조련이란 별도의 성과를 요구할 생각이다. 각기 5,000명에 달하는 병사들이 배속되어 있기 때문이다.

이들과는 별도로 기사단과 마법단을 만든다.

기사단은 네 개로 구분될 예정이다.

현재 브론테 왕국과 테리안 왕국, 그리고 미판테 왕국에서 온 기사들이 있다.

이 밖에 다수의 자유기사와 용병들이 있다.

이들은 출신을 고려하여 네 개로 나뉘게 된다. 유사시 서로의 등을 내줄 수 있어야 하므로 출신지 별로 묶는 것이다.

기사단의 경우는 가장 화후 높은 자가 단장이다.

그래서 네 개 단 중 하나는 전장의 학살자 토마스가 맡는 것이 확실하다. 유일한 소드 마스터이니 당연한 일이다.

마법사도 네 개 단으로 구성된다.

브론테 왕국, 테리안 왕국, 그리고 미판테 왕국에서 온 마법사와 그 밖의 마법사들로 분류되는 것이다.

각각의 마법단은 가장 서클 수가 높은 자에게 맡겨진다.

기사단과 마법단은 영지의 주요 전력이 될 것이다.

현수의 직속 기관으로 자리할 것이며, 이들 가운데 일부가 새로 만들어질 아카데미의 교수가 된다.

아카데미의 원장은 토리나 백작으로 내정되었다. 경험 많은 적임자이기에 따로 고려하지 않았다.

도서관장은 리히스턴 자작에게 맡겨볼 생각이다. 일가를 이루게 해주었으니 그에 합당한 대우를 하려는 것이다.

마을 사람들은 공동 농장에서 일을 하게 될 것이다.

병사들은 둔전[3]을 일구게 된다. 종자 개량이 끝나 있으므로 적은 면적만으로도 충분히 자급자족할 수 있다.

지금은 개발 초기이므로 영지를 만들어내는 일이 우선이다. 따라서 모두들 작업에만 전념토록 한다.

간이 배 밖으로 나오지 않은 한 이실리프 자치령을 공격하려는 세력은 없을 것이다. 따라서 이곳으로 흘러들려는 인원을 컨트롤할 경계근무만 필요하다.

어느 정도 시간이 흘러 틀이 잡히면 사유재산을 허용할 생각이다. 각 가구에게 경작 가능한 농토가 배정된다.

열심히 일해 더 많은 소출은 얻는 자는 그만큼 잘살게 될

---

3) 둔전(屯田) : 변경이나 군사 요지에 설치해 군량에 충당한 토지.

것이다. 다만 지구와 같은 땅 투기는 원천봉쇄한다.

어느 날 갑자기 땅값이 오르는 바람에 졸지에 부자가 된 자들이 거들먹거리는 것은 결코 바람직하지 않다. 그렇게 되지 못한 사람들이 상대적 박탈감을 느끼게 되기 때문이다.

그래서 한탕주의가 만연해지고 알박기 같은 치졸한 짓을 생각해 낸다.

사회 전체를 생각해 보면 결코 좋은 일이 아니다.

아무튼 졸부와 그 자식들로 인한 사회적 물의가 심각하게 우려된다. 대한민국에 부동산 투기가 벌어지고 있을 때 동남아 등 여러 나라에선 성과 관련된 각종 추문이 만연했다.

관광을 갔으면 얌전히 구경만 하고 오면 되는데 현지 여인의 성을 돈으로 사는 추잡한 짓을 저질렀던 것이다.

이들 졸부의 공통점은 모두가 무례하고 안하무인이라는 것이다.

또한 너무도 이기적이어서 절로 눈살을 찌푸리게 한다.

이런 자들은 결코 생겨나선 안 된다. 그래서 모든 토지는 현수의 소유이다. 빌려만 주는 것이다.

영지에는 운영 세칙이라는 것이 만들어질 것이다. 이 규정을 따르지 않는 영지민들은 가차없이 추방된다.

세금은 없을 수 없다. 영지 개발에 어마어마한 자본이 투자되어야 하기 때문이다.

현재는 노동력을 제공하는 것으로 갈음한다. 추후엔 수확의 20% 정도가 세금이다. 인구에 비해 수확량이 엄청날 것이기에 이것만으로도 충분히 유지될 것이다.

"우와! 정말 대단해요. 얼마 지나지 않았는데……."

성녀가 감탄사를 터뜨린다. 불과 며칠 사이에 많은 변화가 있었던 때문이다.

"다들 열심히 일을 하니까. 하루라도 빨리 완공해야 다음 일을 할 수 있잖아."

"저도 여기서 살게 될 텐데, 신전은 안 지으실 건가요?"

"당연히 지어야지. 어디 괜찮은 곳 봐둔 데 있어?"

"네, 저기요."

성녀가 손짓한 곳은 언덕 위 별장 인근이다. 호수가 내려다보여 경관이 끝내주는 곳이다.

"저기? 저긴 좀 멀지 않을까? 스테이시가 계속 신전에만 머문다면 모를까."

성녀도 아내가 되기로 했다. 그렇다면 로시아와 로잘린처럼 한옥에서 기거해야 한다. 그런데 성녀가 가리킨 곳은 한옥으로부터 상당히 멀다. 꼬박 반나절은 걸어야 할 거리이다.

"그리고 영지민들의 접근성이 떨어지잖아. 안 그래?"

"아, 그렇군요. 저는 경치만 보고……. 그럼 어디에 짓죠?"

"저긴 어때?"

현수가 가리킨 곳은 한옥 바로 옆이다.

근처에 제법 널찍한 대지가 있다.

이곳에 신전을 짓게 되면 성녀는 걸어서 출퇴근할 수 있다. 아울러 종자개량 작업도 가능하다.

"저기요? 네, 좋아요. 자기 뜻대로 하세요."

성녀가 배시시 웃음 짓는다. 그러고 보니 엄청 섹시하다.

나이즐은 성전을 건축하라는 현수의 말에 영광이라며 허리를 굽힌다. 대지의 여신 가이아는 땅속에 묻힌 철광석 등을 주관하기에 드워프들과도 연관이 있기 때문이다.

혹시 몰라 찍어두었던 성녀전 건물을 보여주었다. 그랬더니 좋은 참고가 되었다면서 걱정 말라고 한다.

"온 김에 알베제 마을에 가볼까?"

"알베제 마을이요?"

"그래. 내가 여기 와서 첫 번째로 방문했던 마을이야. 같이 갈 거지?"

"그럼요."

떨어지면 섭섭하다는 듯 얼른 현수의 팔을 부여잡는다.

"좋아! 텔레포트!"

샤르르르릉—!

"어라? 여기가 왜 이렇게 변했지?"

알베제 마을 외곽 커다란 바위 위에 당도한 현수는 깜짝 놀라지 않을 수 없었다.

마을의 규모가 수십 배나 커져 있는 때문이다.

"왜요? 뭐가 변한 건데요?"

"이렇게 큰 마을이 아니었거든. 왜 이렇게 커진 거지?"

고개를 갸웃거리곤 아래로 내려갔다. 바위 밑으로 내려서자 숲 속으로부터 커다란 샤벨타이거가 튀어나온다.

크르렁! 크르르르렁-!

"어머! 샤, 샤벨타이거예요."

화들짝 놀란 성녀가 얼른 현수 뒤에 숨는다.

엄청나게 큰 덩치가 갑자기 튀어나오자 깜짝 놀라 저도 모르게 본능적으로 움직인 것이다.

"자, 자기……!"

성녀가 겁에 질린 말을 이으려 할 때 웬 사내가 숲 속에서 튀어나오며 걸걸한 음성으로 꾸짖는다.

"헉헉! 야, 이 녀석아! 그렇게 갑자기 뛰어가면 내가 어떡해! 헉헉! 어라, 마탑주님? 아하! 어째 이 녀석이 발버둥 치나 했습니다. 그간 안녕하셨습니까요?"

보아하니 감각 예민한 샤벨이 현수를 느끼고 냅다 달려온 듯하다.

“그래, 오랜만이네. 엘베른. 잘 있었지?”

“그럼요! 덕분에 아주 잘 지내고 있었습죠. 그런데 뒤에 계신 분은 부인이신가요?”

엘베른은 눈부시게 아름다운 스테이시 아르웬에게서 시선을 떼지 못하고 있다.

너무도 고귀해 보이고 너무도 아름다웠기 때문이다.

성녀는 여전히 현수의 뒤에 있다. 느닷없는 샤벨타이거의 등장에 너무 놀란 마음이 아직 다스려지지 않은 것이다.

“그렇다네. 내 아내가 될 사람이네.”

“아! 안녕하십니까? 알베제 마을의 엘베른이라 합니다요.”

엘베른이 정중히 고개를 숙인다. 이때 샤벨이 현수의 발밑에 머리를 비벼댄다. 너무 커서 뒤로 밀릴 지경이다.

“하하! 녀석, 그래, 너도 잘 있었느냐?”

목덜미며 머리 위를 북북 긁어주자 기분 좋다는 듯 나직한 소리를 낸다.

크르릉, 크르르르릉—!

인간이 아니기에 말은 못하지만 뜻은 통한다. 샤벨은 왜 이렇게 오랜만에 왔느냐며 반가워하는 기색이 역력하다.

현수는 샤벨의 머리를 긁적이며 물었다.

“마을엔 별일 없나?”

“그럼요.”

"근데 마을이 많이 커진 것 같네."

"아, 네. 이 부근이 독립 영지로 선포되고 나서 사람들이 많이 흘러들었습니다요. 주로 케이상단을 따라 들어왔지요."

"그럼 케이상단 사람들인가?"

"아닙니다. 유민인데 케이상단의 안내를 받은 겁니다."

알베제 마을에 이실리프 마법사의 흔적이 있다는 소문이 번지자 많은 유민이 모여들었다.

귀족의 학정[4]과 몬스터들의 습격을 피할 수 있는 십승지지[5] 같은 곳이라 여긴 모양이다.

"그럼 인원은 얼마나 되나?"

"현재 약 삼천여 명입니다. 마을이 좁아서 저쪽 숲에 사는 인원이 꽤 되지요."

"삼천 명이나? 식량이 부족했을 텐데?"

생각했던 것보다 훨씬 많기에 놀란 표정을 지었다.

"그랬지요. 저희도 걱정했습니다. 그런데 케이상단 덕분에 간신히 해결할 수 있었습죠."

케이상단 제7지부 서기에 불과했던 알론은 현재 승진하여 지부장이 되었다. 전임 지부장 말링코는 본점으로 들어갔다.

현수 덕에 승승장구하는 중이다. 그렇기에 알베제 마을에 대한 관심이 매우 높다. 은혜를 아는 것이다. 덕분에 식량 부

4) 학정(虐政) : 포학하고 가혹한 정치.

5) 십승지지(十勝之地) : 전쟁이나 천재(天災)가 일어나도 안심하고 살 수 있다는 열 군데의 땅.

족을 겪지 않는다면서 침이 마르도록 칭찬한다.

"그 인원은 현재 무엇을 하고 있나?"

농사를 지을 수 없는 겨울이다. 그리고 근처엔 짐승이 없다. 샤벨이 다 잡아먹은 때문이다.

가축이 조금 있으나 알베제 마을 사람의 수요도 충족시키지 못할 정도이다.

"딱히 할 일이 있는 게 아니라 지금은 내년을 위한 준비만 하고 있습죠."

"그래? 그렇다면 일을 주지. 저쪽 보이는가?"

현수는 한옥 등이 지어지고 있는 곳을 가리켰다.

"얼마 전에 많은 사람이 간 곳이군요."

"그렇다네. 그곳에 영주성을 짓고 있지. 놀고 있는 사람들을 보내면 일자리를 주겠네. 겨우내 노는 것보다는 나을 것이야."

"그래주시면야 저희야 고맙지요."

외부에서 흘러든 사람들 때문에 반목과 질시가 빚어지는 중이다. 원주민들이 텃세를 부려 그런 건 아니다. 자기들끼리 그러니 뭐라 할 수도 없는 답답한 상황이다.

"저쪽 작업장으로 가면 나이즐 빌모아라는 드워프가 있네. 그를 찾아가 내가 보냈다고 하면 일을 줄 것이야."

"알겠습니다. 사람들을 그쪽으로 보내지요. 한데 저희도 갈 수 있는 겁니까?"

"아무렴. 놀지 말고 일하라 하게."

"네, 알겠습니다."

엘베른이 얼른 고개 숙여 사의를 표한다.

"그것 말고는 특별한 일이 있는 건 아니지?"

"그럼요! 여기가 어딘데요."

외부에서 흘러든 사람들은 자기들끼리는 다투기도 하지만 원주민들에겐 결코 함부로 하지 못한다.

이실리프 마탑과 특별한 관계가 있다 여기기 때문이다. 그에 대한 가장 확실한 증거가 바로 샤벨이다.

아르센 대륙의 어떤 마법사도 길들이지 못한 맹수이다. 그런데 원주민들에겐 순한 양처럼 굴고 있다.

이곳에 오기 전엔 상상도 할 수 없는 일이다. 하여 되도록 부딪치지 않으려 노력하는 중이다.

"마을 좀 둘러봐도 되지?"

"아이고, 물론입니다요."

어서 가서 구경하라는 듯 손짓한다.

"스테이시, 가볼까?"

"네, 가요."

현수는 성녀와 더불어 알베제 마을을 둘러보았다.

요즘엔 제대로 먹어서인지 낯빛부터 다르다. 옷도 달라졌다. 디자인은 여전히 별로이지만 그리 허름하지는 않다.

이실리프 마탑과의 관계를 돈독히 하기 위해 네리안 왕궁으로부터 적지 않은 하사금이 내려진 결과이다.

이곳저곳 둘러보던 중 마을 사람들에게 작업 지시를 내리던 촌장과 마주쳤다.

"아! 마탑주님, 오랜만입니다요."

"그렇군, 마레바. 오랜만일세."

"네. 한데 여긴 어떻게……."

몹시 바쁠 터인데 어찌 이곳까지 행차했느냐는 물음이다.

"지나는 길에 들렀네. 별일 없지?"

"그럼요! 마탑주님 덕분에 저희는 아주 잘 지내고 있습니다요. 감사합니다요."

마레바 촌장의 허리가 계속해서 꺾인다.

진심으로 고마워함이 느껴진다. 그의 뒤로 마을 사람 전부가 허리를 꺾고 있다.

현수가 어떤 존재인지 알게 되었기에 전 같으면 아이들이 우르르 달려들었을 터인데 그러지 않는다.

"내년에도 쉐리엔 수확에 애를 써주게."

"물론입니다요. 여긴 지천에 널린 게 쉐리엔이니 아마 어마어마한 양을 거둘 수 있을 겁니다요."

"그래, 그래주면 나야 고맙지. 참, 이쪽으로 사람들을 좀 보내겠네. 잘 돌봐주게."

"알겠습니다요!"

마레바 촌장이 크게 고개를 끄덕인다. 사람이 더 온다 함은 일손이 늘어남을 의미하기 때문이다.

내년 봄부터는 온 산에 널려 있는 쉐리엔을 수확할 수 있다. 뿌리를 캐지 않으면 베어내도 또 자라는 식물이다.

뿌리를 뽑더라도 얼마나 번식력이 왕성한지 서너 달만 지나면 금방 쉐리엔으로 채워진다.

마레바 촌장은 쉐리엔이 많이 필요하다는 것을 알기에 기꺼이 인원이 늘어나는 것을 환영한 것이다.

촌장과 헤어진 현수와 성녀는 알베제 마을을 둘러보며 무엇이 필요한지를 따져 보았다.

이곳 사람들은 상처가 나도 이를 치료할 줄 모른다.

약초학이 발달되지 않은 탓이다. 그리고 큰 상처가 아니면 자연 치유력에 맡기고, 심각하면 신전이나 마법사를 찾기 때문이다.

"흐음, 후시딘과 구충제, 그리고 소독약이 많이 필요하군."

이곳 사람들은 약이란 걸 써본 적이 없기에 초기에 처치만 잘해도 감염되지 않을 것이다.

CHAPTER 02
좋아요, 대신 조건이 있어요

"스테이시, 여기 땅은 어때?"

지나가는 말로 물어본 것이다.

"본시 비옥했던 땅인데 같은 작물을 계속 심어 지력이 많이 쇠해졌네요. 내년엔 농사짓지 말라고 하세요."

"그럼 그냥 묵혀?"

"네, 일 년쯤 내버려 두면 많이 좋아질 것 같네요."

성녀는 땅거죽의 색깔만 보고도 상황을 정확히 짚어낸다. 이 정도면 지구의 농학박사에 결코 뒤지지 않을 것이다.

"다시 가볼까?"

"네."

스테이시 아르웬이란 이름을 가진 이 여인은 결코 거절할 줄 모르는 듯 무조건 고개를 끄덕인다.

슬쩍 바라보다 시선이 마주쳤다. 눈빛이 반짝인다. 몹시 흥미로운 물건을 만난 아이의 눈빛이다.

그 속에 사랑하는 기운이 가득 담겨 있다. 한 번쯤 안아줘야 할 대목이라는 뜻이다.

"잠깐 이리 와봐."

"네."

이번에도 찍소리 않고 다가선다.

와락—!

"아아아……!"

성녀가 헝겊 인형처럼 딸려와 품속에 안겼다.

"고마워. 날 선택해 줘서."

"아아, 사랑해요."

성녀의 몸에서 힘이 쑥 빠짐이 느껴진다.

이쯤 되면 마음대로 하라는 뜻이다. 사람의 시선이 없는 마을 외곽이고 지천이 숲이다. 아무 데나 들어가면 된다. 하지만 그럴 수는 없다.

현수는 성녀의 등을 부드럽게 다독였다.

'대체 내게 무슨 복이 있어서……. 아무튼 너무 좋다.'

너무도 사랑스럽고 아름다우며 고결한 여인이 품속에 안긴 채 가늘게 호흡을 이어가고 있다.

입맞춤이라도 기대하는 듯하다.

“우리 결혼은 신전에서 하자.”

“네, 좋아요.”

현수는 성녀를 조금 더 세게 보듬어 안아주었다. 성녀는 가늘게 숨을 이어가며 할딱였다.

* * *

“시간이 조금 걸릴지 모르네. 그동안 여기 작업은 자네들에게 맡기네.”

“네, 걱정 말고 다녀오십시오.”

드리튼 백작, 리히스턴 자작, 토리나 백작, 스타이발 후작, 토마스 등이 깊숙이 허리를 숙인다.

방금 전, 이곳이 드래곤 로드의 영역이라는 이야길 들었다. 그리고 그와 접촉이 있었음도 말했다.

우두머리들은 대경실색했다.

드래곤은 자신의 영역이 침범당하는 것을 좌시하지 않기 때문이다. 과거 어느 왕국은 드래곤의 심기를 건드렸다가 하루아침에 멸망당했다.

수도에다 대고 무지막지한 브레스를 갈긴 결과 국왕을 비롯한 모든 귀족이 숯이 된 때문이다.

현수의 스승인 멀린에 의해 죽은 광룡이 벌인 짓이다.

그런데 이야길 들어보니 불협화음이 생긴 게 일반 드래곤이 아니다. 드래곤 중에서도 가장 강력한 힘을 지닌 것으로 인식되어 있는 드래곤 로드이다.

당연히 벌벌 떨었다.

소드 마스터인 토마스도 마찬가지이다.

지금껏 벌여놓은 게 아깝기는 하지만 모두가 죽을 수 있으니 한시바삐 철수하는 것이 좋지 않겠느냐고 했다.

이에 현수는 드래곤 로드의 쌍둥이를 알고 있으니 일단 중재 요청을 해보겠다고 했다.

그리고 지금 제니스를 찾아 떠나려는 것이다.

"스테이시, 코린에 데려다 줄게."

"네, 뜻대로 하세요."

잠시라도 떨어지는 게 아쉽다. 하지만 성녀는 코린에 가서 꼭 해야 할 일이 있다.

첫째는 교황과 황제에게 결혼 통보를 하는 것이다.

성녀의 결혼은 신전에서 주관한다. 집전은 교황이 하고, 황제와 황후, 공주와 황자들은 반드시 참석해야 한다.

대지의 여신이 라이셔 제국의 주신이기 때문이다.

교황이나 황제라도 성녀의 결혼에 대해 가타부타 끼어들 수 없다. 순수하게 성녀의 뜻에 따르는 것이 법도이기 때문이다.

따라서 결혼을 통보 받으면 예식 준비는 온전히 교황과 황실의 몫이 된다.

성녀가 두 번째로 할 일은 가이아 여신으로부터 일생을 계시 받는 것이다. 불행한 결혼 생활이 되지 않도록 미리 굴곡을 통보 받는다. 언제 어느 때 어떤 중차대한 일이 일어날지 알면 대비할 수 있기 때문이다.

그래서 성녀들은 무난한 결혼 생활을 영위했다.

세 번째 할 일은 목욕재계와 식을 올릴 때까지 마음가짐을 준비하는 것이다. 일생에 한 번뿐인 결혼이니 정갈한 몸과 마음으로 결혼에 임해야 하기 때문이다.

네 번째는 성녀가 아니라 신자들의 몫이다.

성녀의 결혼식엔 특별한 효과가 있다.

교황이 혼인이 이루어졌음을 선포하는 순간 예식에 참석한 모든 이에게 여신의 축복이 임하게 된다.

이때만은 가이아 여신의 신성력이 치유 능력을 갖게 된다. 그래서 웬만한 질병은 단숨에 낫는다.

당연히 전국 각지에서 온갖 병자가 몰려온다. 평생에 한 번 있을까 말까 한 일이기 때문이다.

하여 결혼식 전후 닷새는 통행증이 없어도 이동할 수 있다.

환자들이 마음 편히 이동하도록 배려해 주는 것이며, 결혼을 축하하는 의미인 것이다.

마지막은 혼례식 날 입을 의복을 만들어야 한다.

타인의 손을 빌리지 않고 직접 천을 짜서 그것으로 드레스를 만든다.

한 땀 한 땀 바느질을 할 때마다 성군과의 행복한 미래를 염원하면서 해야 하는 일이다. 그렇기에 잠시 헤어져 있자는 말에 흔쾌히 고개를 끄덕인 것이다.

"텔레포트!"

샤르르르르릉―!

현수와 성녀의 신형이 사라졌다.

남겨진 사람들은 눈을 비빈다. 눈앞에서 일어난 일이지만 도무지 믿기지 않아서이다.

"자, 이제 일하러 가십시다."

"네, 그래야지요. 마스터께서 오시기 전에 최대한 많은 일이 이루어지도록 잘해보십시다."

"물론입니다. 자, 그럼 저 먼저 갑니다."

말을 마친 토리나 백작이 먼저 걸음을 옮겼다. 아카데미 현장인 파빌리온으로 가는 것이다.

리히스턴 자작은 도서관이 될 타지마할로 향했다.

스타이발 후작은 한옥과 바실리를 맡았고, 토마스는 루드비히를 맡았다.

이들에겐 조력자들이 배속되어 있다. 그들과 잘 협조하면 차질없이 공사는 진행될 것이다.

"얌전히 기다리고 있으면 데리러 올게."

"네, 언제까지고 자기만을 기다릴게요."

살짝 턱을 치켜든 성녀가 배시시 미소 짓는다.

"그럼 간다. 참, 종자 개량은 계속해서 신경 써줘."

"그건 걱정 말고 잘 다녀오세요."

쪽—!

현수의 입술이 성녀의 이마에 잠시 머물렀다.

"이건 잘 기다리라는 뜻이야."

"……!"

몹시 부끄러운지 금방 얼굴이 붉어진다. 그러거나 말거나 현수의 입술이 달싹인다.

"텔레포트!"

샤르르르르르릉—!

"아아……!"

성녀는 붉어진 뺨을 두 손으로 감싸며 나직한 신음을 토했다. 처음으로 한 애정 표시에 감탄한 것이다.

같은 시각, 현수의 신형은 바세른 산맥 깊숙한 곳에 나타났다.

"흐음, 여긴가?"

숲은 거의 쑥대밭 상태이다. 수많은 몬스터가 휩쓸고 지나간 흔적이다.

이 정도면 트롤이나 오거, 또는 미노타우르스나 드레이크 같이 덩치 큰 몬스터가 여럿 있다는 뜻이다.

"근데 어디에 있지? 조용하네."

몬스터들이 흑마법사들을 상대하고 있다면 소란스런 소리가 들릴 터인데 너무도 고요하다.

"플라이!"

허공으로 몸을 띄웠다. 단숨에 20m쯤 치솟아 오른다.

어찌 보면 영화에 나오는 슈퍼맨 같은 모습이다.

그런데 울창한 숲의 끄트머리만 보일 뿐이다. 나무의 키가 큰 까닭이다.

"조금 더 높이!"

의지를 갖자 또 솟아오른다. 이번엔 40m 높이쯤 된다.

"이런! 더 올라가야겠군."

뜻을 품으니 몸이 저절로 반응하는 듯 스르르 떠오른다. 이번 높이는 대략 100m이다.

"흐음, 저쪽으로 갔군."

몬스터들이 휩쓸고 지나간 흔적이 너무도 역력하기에 어디로 갔는지 확연히 드러난다.

방향을 확인하곤 곧바로 그 뒤를 따랐다. 그렇게 20여 분쯤 지났을 무렵이다.

크르르렁! 크렁! 캬아아! 크와앙! 캬르르르!

"다크 화이어! 다크 윈드 커터! 다크 프레어!"

쐐에엑—! 휘이이잉! 푸화하하학—!

눈대중으로 살펴보니 대략 20,000여 몬스터가 흑마법사 무리와 치열한 접전을 벌이고 있다.

흑색 로브를 걸친 자들의 수효는 2,000 정도 되고, 그들의 지휘를 받는 스켈레톤, 좀비, 구울의 숫자는 40,000 정도 된다.

이 밖에 기사 200과 일반 병사 20,000여 명이 더 있다.

전장이 제법 넓기에 이리저리 시선을 돌렸다. 제니스를 찾으려는 의도이다. 그러던 중 눈에 뜨이는 인물이 있다.

"응? 저 여인은……!"

현수는 자신이 잘못 본 것은 아닌가 하며 눈을 비빈다.

기억이 확실하다면 몬스터들 뒤쪽 허공에서 열심히 주문을 외우고 있는 여인은 미판테 왕국의 아르가니 에이린 판 포인테스 후작의 손녀 케이트 에이린 판 포인테스이다.

그런데 그녀는 이곳에 있을 인물이 아니다. 포인테스 영지는 이곳으로부터 상당히 멀다. 여기까지 오려면 그야말로 산

넘고 물 건너 들판 지나치기를 수십 번 반복해야 한다.

그러는 동안 수많은 몬스터와 조우하게 된다. 또한 산적도 심심치 않게 만났을 것이다.

케이트는 겨우 3서클 마법사이기에 이런 난관을 모두 극복하고 이곳까지 올 수 없다.

그런데 아무리 봐도 케이트이다.

"뭐야, 이 상황은? 제니스가 폴리모프한 모습이 우연히 케이트와 똑같은 건가?"

현수는 고개를 갸웃거렸다. 그러다 눈빛을 빛낸다. 케이트에게서 드래곤만의 느낌이 전혀 느껴지지 않은 것이다.

"그럼 설마 진짜 케이트? 근데 여기 왜 있지?"

이런 생각을 하는 동안에도 수많은 몬스터의 공격이 이어졌다. 스켈레톤과 구울, 좀비가 있는 쪽은 거의 대등한 접전이 벌어지고 있다.

고통을 느끼지 못하기 때문이고, 이미 죽은 몸인지라 죽는 게 두렵다는 생각을 갖지 못하기 때문이다.

게다가 팔이 떨어져 나가도, 다리가 잘려 나가도 몬스터들에게 다가가 병장기를 휘두른다.

당연히 몬스터들도 감당하기 힘들다.

반면 병사와 기사들이 있는 쪽은 형편없이 밀린다. 이쪽은 고통과 공포를 느끼기 때문이다.

그러던 중 전장의 뒤쪽에서 죽은 자들에게 마법을 구현시키는 흑마법사들을 보게 되었다. 시신의 숫자는 대략 10,000여 구이고, 흑마법사는 1,000여 명이다.

"ᛉᚱᛟ ᛯᚠᚦᚾ ᛒᚻᛏ ᛇᛟᛯᛦᚨ ᛜᛅ ᛯᛗ ᚹᛇᛯᛏᚠ ᚺᛏᛒᛗᚦᚠ!"

시체 곁에서 스태프를 든 팔을 벌린 채 뭐라 중얼거리는 모습이다. 잠시 후, 시체의 눈이 떠진다. 혈안이다.

실핏줄이 다 터진 듯하다. 땅을 짚더니 마치 살아 있는 것처럼 몸을 일으킨다.

그런데 행동이 약간 굼떠 보인다. 좀비가 된 것이다.

"저런 빌어먹을!"

죽은 자의 영면까지 방해하며 자신의 이익과 목적을 위해 서슴없이 사술을 쓰는 흑마법사를 본 현수는 대노했다.

"아공간 오픈!"

아공간을 열고는 전장을 향해 달려갔다. 눈에 뜨이는 족족 그 속에 담기 시작했다.

오거, 트롤, 드레이크, 미노타우르스, 오크, 놀, 리자드맨 등등 온갖 종류의 몬스터가 산 채로 아공간 속에 빨려든다.

그렇게 몬스터들의 배후로부터 접근한 현수는 흑마법사 무리와 스텔레톤, 구울, 좀비 등이 있는 곳으로 다가갔다.

그리곤 지체없이 소리쳤다.

"헬 파이어! 헬 파이어! 헬 파이어!"

콰르르르! 화르르르르르르르륵—!

거대한 화염이 가장 먼저 흑마법사들을 덮친다. 곧이어 좀비와 구울 또한 시뻘건 화염세례를 받기 시작했다.

이것만으론 부족하다 여겼기에 한 번 더 입을 열었다.

"파이어 퍼니쉬먼트(Fire Punishment)!"

생애 최초로 9서클 마법을 구현시켰다.

이것은 광범위한 화염의 징벌이다.

마법이 구현되자 땅이 갈라지면서 시뻘건 용암이 솟구쳐 오른다. 그와 동시에 불길이 치솟아 올랐다.

그리고 하늘에선 불비가 쏟아진다.

콰아아아! 화르르르르! 화르르르! 화르륵! 화르르르!

도저히 묵과할 수 없는 악의 무리이기에 모조리 불태우려는 의도에서 시전된 마법이다.

"아악! 뜨, 뜨거워! 사람 살려!"

"플라이! 아악! 이건 또 뭐야? 캐애액!"

"헉! 이, 이건……! 앗! 뜨거! 아아악!"

여기저기서 당혹성과 비명이 터져 나온다. 흑마법사들이 있던 곳이다.

스켈레튼과 좀비, 구울이 있던 곳은 아무런 소리도 나지 않는다. 소리를 낼 수 없기 때문이다. 뜨거운 불길 속에서도 몬스터들에게 다가가려는 몸짓만 있을 뿐이다.

뼈다귀마저 불타오르자 모든 움직임이 멈춘다. 불과는 상극인 몬스터들은 물러선 채 어찌 된 영문인지를 살핀다.

같은 순간, 흑마법사들의 지시를 받던 기사와 병사들은 입을 딱 벌리고 서 있다.

갑자기 땅거죽이 갈라지더니 시뻘건 용암이 솟아났다.

그것에 빠진 흑마법사들은 비명을 지르며 몸부림쳤다. 산 채로 화형당하는 고통을 느낀 때문이다.

재빨리 플라이 마법으로 몸을 띄운 고위 마법사들이라 하여 무사한 것은 아니다.

간신히 피했다는 안도감에 한숨을 쉬려는 찰나 느닷없는 불비를 맞았다. 하늘로부터 시뻘건 화염이 연이어 쏟아져 내린 것이다. 당연히 당황했고, 마법은 지속될 수 없었다.

하여 모조리 바닥으로 추락했다. 이때 기다렸다는 듯 용암이 솟구치니 도망갈 길은 없다.

이 와중에도 재빨리 동료를 죽이고 그 시신 위로 올라가려던 흑마법사들이 있었다.

역시 사악하기 이를 데 없는 자들이다. 하지만 살아 있는 시간은 그리 길지 못했다. 시뻘건 화염 속에서 길고 긴 비명을 지르다 쓰러질 뿐이다.

블링크 마법으로 현장을 빠져나가려 하는 자들도 있었다. 하지만 워낙 마법 구현 범위가 넓어 대부분이 실패했다.

운 좋게 몇몇만 간신히 피했을 뿐이다.

그러는 동안 뜨거운 불길은 뼛가루 하나 남기지 않겠다는 듯 활활 타오르고 있다.

고통을 느끼지 못하는 좀비와 구울이 불타오르며 마치 오징어가 구워지듯 이리저리 비틀리는 모습을 보인다.

어찌 보면 고통에 겨워 몸부림치는 듯하다.

"세, 세상에 맙소사!"

"헉! 어, 어떻게 이런 일이! 말도 안 돼!"

"호, 혹시… 위, 위대하신 존재가 온 건가?"

"뭐? 위, 위대하신 존재? 헉! 어, 어디?"

기사와 병사들 모두 전의를 잃은 듯 우왕좌왕하며 사방을 둘러본다. 뜨거운 불길을 피해 몬스터들은 일제히 후퇴한 상황이다. 자연히 허공에 떠 있는 케이트에게 시선이 쏠린다.

아이보리색 로브는 화염으로 인한 상승 기류의 영향을 받아 바람에 펄럭이고 있다. 몹시 신비롭게 보였을 것이다.

"저, 저기 저분이신가?"

"오오! 위대한 존재시여!"

상대가 드래곤이라면 대적한다는 것 자체가 의미 없다. 조금의 가망성도 없는 일이기 때문이다.

털썩—! 챙그랑!

누군가 다리 힘이 빠졌는지 주저앉는 소리가 들린다. 곧이어 병장기 나뒹구는 소리 역시 들렸다.

털썩—! 털썩—!

"아! 이제 끝난 건가?"

누군가의 독백이다. 그리고 이건 모두의 심정이다. 드래곤과 싸워 어찌 이기겠는가!

방금 전 불에 타 죽은 흑마법사들과 스켈레톤, 좀비, 구울까지 몽땅 달려들어도 대적 불가한 존재가 드래곤이다.

브레스 한 방이면 끝날 것이다.

그런데 자신들만 남았다. 당연히 해보나마나이다. 그렇기에 누군가를 필두로 하나둘 무릎을 꿇고 고개를 조아린다.

"흐흑! 어머니……!"

"아아! 이게 내 마지막이라니……."

조금만 있으면 뜨겁디뜨거운 화염의 브레스가 몰아닥칠 것이다. 엄청난 고통 속에서 순식간에 증발되어 버릴 것이다. 그 즉시 존재 자체가 지워진다.

그렇기에 나직한 탄성과 침음, 신음을 내며 고개를 조아린다. 평생을 살면서 있었던 일들을 반추[6]하고 있을 것이다.

같은 순간, 허공에 떠 있는 여인의 눈 또한 퉁방울만 해져 있다. 갑자기 몬스터들 뒤에서 누군가 나타나더니 그야말로 무지막지한 마법을 구사한 것이다.

---

6) 반추(反芻) : 1. 한번 삼킨 먹이를 다시 게워내어 씹음. 또는 그런 일. 소나 염소와 같이 소화가 힘든 섬유소가 많이 들어 있는 식물을 먹는 포유류에서 볼 수 있다. 2. 어떤 일을 되풀이하여 음미하거나 생각함. 또는 그런 일.

그 결과 흑마법사과 스텔레톤, 좀비, 구울 등 사악한 존재들 대부분이 한줌 재가 되어버렸다.

말로만 듣던 9서클 마법이 구현되자 전장은 그야말로 불바다이다.

스승은 현재 이곳에 없다. 모종의 일로 잠시 자리를 비울 것이며 오늘은 오지 못한다고 했다.

스승과 함께하던 라이세뮤리안님은 현재 다른 곳에서 몬스터들을 조종하고 있다.

따라서 새롭게 나타난 존재는 제3의 인물이다. 대체 누구인가 싶어 시선을 돌리던 여인의 눈에 현수가 뜨인다.

"아! 저분은……!"

여인이 나직한 감탄사를 터뜨릴 때 현수의 입이 열린다.

"모두 무릎을 꿇어라!"

마나가 실린 묵직한 음성에 절로 힘이 빠지는 듯하다.

쿠쿵, 쿠쿠쿵, 쿠쿠쿠쿠쿠쿠쿠쿵―!

기사 200과 병사 20,000의 무릎이 거의 동시에 꿇린다.

이때 슬쩍 몸을 빼는 자들이 있다.

검은색 로브를 걸친 흑마법사들이다.

슬그머니 뒤쪽으로 물러나려 했지만 어찌 현수의 눈을 속일 수 있겠는가!

"어디서 감히! 매스 파이어 애로우! 매스 매직 미사일! 발사! 발사!"

불길이 일렁이는 화살 수백 개와 미사일처럼 유선형 모양을 한 마나 덩어리가 일제히 검은색 로브를 향해 쇄도한다.

"아아악! 피해! 블링크! 블링크!"

퍼억—! 팍—! 퍼억—!

"으악! 캐액! 끄윽!"

흑마법사들이 놀란 메뚜기처럼 산지사방으로 흩어진다. 파이어 애로우는 직진만 하기에 무효화된 것이 많다.

대신 유효한 것들의 파괴력은 컸다. 단단한 두개골까지 뚫고 들어갈 정도이다.

하나하나의 크기는 대략 어른 손가락 굵기에 길이는 45㎝쯤 된다. 조선시대 때 비밀 병기였던 편전과 유사하다.

그래서인지 사거리와 관통력이 남달랐다.

매직 미사일의 경우는 거의 전부가 유효였다. 가장 가까운 목표를 향해 궤도를 수정해 가며 쫓기 때문이다.

"아앗! 피, 피햇! 블링크! 블링크!"

퍽! 파악! 퍼억! 팍! 퍼억!

"캑! 끄윽! 악! 으아악! 캐애액!"

"매스 매직 미사일! 발사! 발사! 발사!"

흑마법사들이 이리 뛰고 저리 뛰는 사이에 현수의 신형 근처엔 1,000개에 가까운 매직 미사일이 조성되더니 일제히 쏘아져 간다.

통상의 매직 미사일은 사거리가 20m 이내이다. 그런데 현수와 흑마법사들 사이의 거리는 거의 100m가 넘는다.

그럼에도 매직 미사일은 마치 눈이라도 달린 듯 그들을 향해 일제히 쇄도했다.

"아앗! 또 온다! 피해! 피해!"

"블링크! 블링크! 캐액!"

퍽! 퍼퍽! 파악! 파파팍! 퍼억!

"아악! 으악! 캑! 끅! 캐애액! 아아악!"

피하고 싶지만 너무나 많아 비명이 난무한다. 그러는 동안 현수와의 거리가 조금 더 벌어진다.

"매스 파이어 애로우! 발사! 발사! 발사!"

이번엔 수백 개의 불화살이 허공에 형성된다.

이것들은 수시로 궤도를 수정해가며 멀어져 가는 흑마법사의 뒤통수를 향해 쏘아져 갔다.

"커헉! 또! 모두 피해라! 피해! 커억!"

쉐에엑! 쉐아앙! 쐐에에엑!

퍼억! 파직! 빽! 퍽! 퍼퍽! 퍼억!

"캑! 컥! 끄악! 캐캑! 아악! 큭!"

이번에도 백여 명의 흑마법사가 거꾸러진다. 그러는 사이에 현수의 입술이 또 한 번 달싹였다.

"아공간 오픈!"

현수가 아공간에서 꺼낸 것을 컴파운드 보우이다.

"아니다, 이건!"

지구에서 구입한 이것의 화살엔 브로드 헤드 화살촉이 달려 있다. 하여 한 발당 가격이 무려 20만 원이다.

흑마법사들을 죽이는 데 쓰고 싶지 않다. 그렇기에 아공간에 넣고 다른 것을 꺼냈다.

K-6 중기관총이다. 이전에 제작한 거치대를 꺼내놓고는 재빨리 설치를 마쳤다. 그리곤 그사이에 거리를 더 벌린 흑마법사들은 필사적으로 도주를 감행하는 중이다.

그러거나 말거나 꽁지 빠지게 달려가고 있는 흑마법사들을 겨냥하곤 방아쇠를 당겼다.

두루루! 두루루루루루! 두루루루루루루!

피융! 핑! 쎄엥! 세에엥! 피잉! 피융!

총성과 파공음이 흑마법사들을 좇아간다. 몇 초 후, 마치 썩은 짚단 쓰러지듯 쓰러지기 시작했다.

그냥 쓰러지는 놈들도 있지만 마치 춤추는 인형처럼 팔다리를 흔들다 엎어지는 놈들도 많다.

2,000명에 가깝던 흑마법사 대부분이 쓰러지는 데 불과 5분이 걸리지 않았다.

K-6의 분당 발사 속도는 450~600발이다.

그리고 이것은 '잠금턱방식'을 채용해 뜨거워진 총열을 약 5초 만에 교체할 수 있다.

5분이면 최대 3,000발까지 발사할 수 있는 것이다.

이건 일방적인 학살이다. 흑마법사들은 변변한 공격 한 번 못해보고 도망치다 당했다. 운 좋게 몇몇이 전장 너머로 도주했지만 멀쩡한 자들은 얼마 안 된다.

파이어 애로우가 박힌 채 달리는 놈도 있고, 매직 미사일에 맞아 피를 흘리는 자도 많다.

"빅 핸드!"

허공에 커다란 손이 만들어진다. 그리곤 여기저기 엎어지거나 자빠져 있는 흑마법사들을 한군데로 모았다.

"헬 파이어!"

화르륵! 화르르르르르르르륵—!

"아아악! 앗, 뜨거! 아아아악!"

시뻘건 화염이 쏟아지자 죽은 척하고 있던 자들의 비명이 터져 나온다. 하지만 현수는 눈썹 하나 까딱하지 않았다.

흑마법사는 절대 악이다. 당연한 제거 대상이다. 따라서 너그러운 마음으로 대하면 안 된다 여기기 때문이다.

일련의 상황을 보고 있던 기사와 병사들은 벌벌 떨고 있다. 헬 파이어도 무섭고, 매직 미사일과 파이어 애로우도 두렵다. 하지만 K—6만큼은 아니다.

요란한 소리만 났을 뿐인데 흑마법사들이 픽픽 나가자빠졌다. 그냥 쓰러진 자들도 있지만 머리가 수박 터지듯 터진 자들이 상당히 많았다. 그렇게 겨냥된 까닭이다.

기사와 병사들이 보기에 이것은 소리만으로 적을 제압하는 마법이다. 총알은 보이지도 않기 때문이다.

K—6의 총구 속도 930㎧이다. 마하 2.7 이상인데 어찌 보이겠는가! 사람의 동체시력은 소리보다 빠를 수 없다.

흑마법사 가운데에는 현수로부터 1㎞ 이상 떨어진 곳까지 도주하는 데 성공한 자도 있었다.

실제 거리는 1㎞를 훨씬 넘겨 1,353m였다. 이 정도면 충분히 목숨을 건졌다고 여겨도 될 거리이다.

그럼에도 불구하고 머리가 터져 죽었다.

K—6 중기관총의 유효 사거리는 1,930m이기 때문이다. 참고로 이것의 최대 사거리는 무려 6,765m나 된다.

기사와 병사들은 눈앞에 보이는 인물로부터는 도주라는 걸 상상조차 할 수 없게 되었다. 그랬다간 요란한 소리와 더불어 머리가 터져 나갈 것이기 때문이다.

"사, 살려주십시오. 죽을죄를 지었습니다."

"흐흑! 살려만 주시면 뭐든 하겠습니다."

"……!"

겁에 질린 병사들이 눈물까지 흘리며 엎어진다.

기사라 하여 다를 바 없다. 워낙 압도적이기에 감히 내항해 볼 마음조차 품지 못한 채 마른침만 삼킨다.

갑자기 식도가 타는 듯 쓰라리고, 똥줄이 타는 듯 엉덩이 쪽에서 묵직한 기분이 느껴진다.

챙그랑—!

누군가의 손에 들려 있던 방패가 떨어지는 소리이다. 그와 동시에 모두들 오체투지하며 엎드린다.

"사, 살려만 주십시오!"

"……!"

조금 전까지만 해도 고함과 비명이 난무하던 전장이다. 물론 몬스터들의 위협적인 포효도 많았다.

그런데 지금은 고요하다. 총성과 더불어 뒤로 물러난 몬스터들조차 소리를 죽이고 있다.

눈앞에서 펼쳐진 불바다와 불지옥, 그리고 천지가 개벽하는 듯한 엄청난 총성에 놀란 때문이다.

가장 뒤쪽은 슬금슬금 숲 속으로 도주한다. 오거도 있고 트롤도 있다. 가장 강력한 힘을 가진 드레이크도 섞여 있다.

본능적으로 위험하다는 것을 느낀 것이다.

이때 허공에 떠 있던 여인이 스르르 아래로 내려온다.

"마, 마탑주님!"

"케이트?"

폴리모프해서 모습은 비슷할 수 있지만 음성까지 일치하긴 힘들다. 게다가 마탑주라 부른다.

그렇다면 케이트가 분명하다.

"네, 케이트 맞아요. 케이트 에이런 판 포인테스요. 그런데 마탑주님께서는 어떻게 여길……?"

현수가 포인테스 영지를 방문한 것은 지난 9월 8일이다. 벌써 석 달이나 흐른 것이다.

포인테스 영지를 방문했던 날 케이트는 자신의 거처를 깨끗하게 청소케 하고 목욕재계를 마쳤다.

매지션 로드에게 몸을 바칠 생각을 품었던 것이다.

비록 하룻밤에 끝날 수도 있는 일이지만 그것만으로도 일생의 광영이라 생각했다. 결혼 따위는 생각지도 않았기에 순결을 생각지 않았던 것이다.

목욕을 마치고 나왔을 때, 아르가니 후작의 거처에선 대규모 마나 유동 현상이 빚어졌다. 현수가 준 힌트 덕에 6서클에서 7서클로 올라선 것이다.

"최초의 깨달음을 얻었던 것은 내가 마나라는 물속에 있다는 생각을 한 직후였네. 이토록 널려 있으니 마나를 굳이 몸에 담으려 할 필요가 없다는 거지. 알아들었나?"

지난 수십 년간 깨달음을 얻기를 고대하고 또 고대하던 조부이다. 그것이 이루어진 것이다.

기쁨에 넘친 케이트는 사방을 돌아다니며 현수를 찾았다. 보기만 하면 덥석 안아줄 생각이었다. 너무도 기쁜 나머지 매지션 로드에 대한 불경이라는 건 생각지도 못한 것이다.

그런데 감쪽같이 사라지고 없었다.

놓친 고기가 커 보이는 법이다.

그날 이후 케이트는 마음속에 현수를 품었다.

그리곤 위대한 매지션 로드와 자신 사이에서 태어났을지도 모를 아기를 생각했다.

나이가 얼마나 많은지는 모른다.

적어도 조부인 아르가니 후작보다는 많을 것이다. 그럼에도 이런 생각을 한 이유는 겉보기엔 청년이었기 때문이다.

CHAPTER 03

중재를 부탁해!

아르가니 후작은 7서클 대마법사가 되었다.

그가 가장 먼저 익힌 건 텔레포트 마법이다.

한순간에 이곳에서 저곳으로 이동하는 이 마법을 익히길 가장 원한 때문이다.

처음엔 물건을 이동시켰다. 집무실에서 정원으로, 정원에서 마구간으로 옮겨보았다. 실수가 잦아 중간에 물건이 사라지거나 파괴된 채 나타나곤 했다.

무엇이 잘못되었는지를 고심하고 또 고심한 끝에 마법을 완성시켰다. 다음엔 살아 있는 생물을 이동시켰다.

처음엔 토끼였다. 다음은 개다. 그리곤 더 큰 말을 이동시켜 보았다. 한 번도 실수하지 않고 성공했다.

텔레포트 마법을 완벽하게 마스터한 것이다.

이때 케이트가 본인을 수도로 보내달라는 청을 했다. 도보로 가면 보름 이상 걸리는 길이다.

가는 동안 수많은 산적과 몬스터를 만나게 될 것이다.

그럼에 텔레포트 마법으로 이동하면 순식간에 원하는 장소까지 이동할 수 있으니 그런 청을 한 것이다.

아르가니 후작은 흔쾌히 고개를 끄덕이곤 수도의 좌표를 찾았다. 대륙좌표일람의 사본이 있었던 것이다.

확인된 좌표를 설정하곤 곧바로 텔레포트 마법을 구현시켰다. 아르가니 후작은 눈앞에서 손녀가 사라지는 모습을 흐뭇한 표정으로 바라보았다. 멀고 먼 여정을 단숨에 갈 수 있게 했으니 기분이 좋았던 것이다.

이때 좌표집을 접고 자리에서 일어서려던 아르가니의 입에서 당혹성이 터져 나왔다.

좌표 입력이 잘못되었다는 것을 깨달은 때문이다.

현수가 그러했듯 한 줄 아래의 것을 입력한 것이다. 황급히 손녀를 어디로 보낸 것인지를 확인해 보았다.

몬스터들이 우글거리는 바세른 산맥 한가운데이다.

이 좌표는 대륙좌표일람을 만든 마법사가 몬스터들과 치

열한 접전을 벌였던 곳이다.

이곳에서 쉬던 중 드레이크를 만났던 것이다.

당시의 마법사는 7서클이었음에도 암수 한 쌍 드레이크를 만나 고전을 면치 못했다. 하여 몹시 위험한 곳으로 표기해 두었다. 실수로도 이곳엔 가면 안 된다는 표시를 해두었다.

그런데 그곳으로 사랑하는 손녀를 보내 버린 것이다.

아르가니는 잘못 본 눈을 뽑아버리고 싶었다. 하지만 어쩌겠는가! 손녀는 이미 사라졌다.

어쨌든 손녀의 뒤를 따라 이동하고 싶었다. 하지만 너무 많은 마나가 사용되었는지라 그럴 수 없었다.

꼬박 이틀 동안 마나를 모은 아르가니 후작은 케이트가 갔던 곳으로 텔레포트했다.

도착 즉시 주변을 샅샅이 뒤진 아르가니 후작은 털썩 주저앉고 말았다.

멀지 않은 곳에서 손녀의 겉옷이 발견된 것이다. 갈기갈기 찢겨 있었으며, 말라붙은 피가 묻어 있었다.

몬스터의 먹이가 되어버린 듯하다. 후작은 사흘간 머물면서 수색했다. 혹시라도 살아 있을 수 있기 때문이다.

그러다 대규모 몬스터 집단을 발견했다.

오거 150마리, 트롤 127마리, 드레이크 16마리, 미노타우르스 34마리, 오크 2,000여 마리, 고블린 8,000여 마리 등이 우글거리고 있다.

이들을 발견한 직후 깊은 한숨을 쉬고 텔레포트했다. 7서클 마법사이지만 도저히 감당할 수 없었기 때문이다.

포인테스 성으로 되돌아간 후작은 식음을 전폐하고 자리에 누웠다. 본인의 실수로 사랑하는 손녀를 잃은 때문이다.

할아버지의 잘못된 좌표 입력으로 숲에 당도한 케이트는 처음엔 몹시 당황해했다. 잘못되었음을 직감한 것이다.

갑자기 몸에서 열이 난다. 하여 겉옷을 벗었다. 그리곤 도착 장소가 어딘지 가늠하려 돌아다녔다.

그러다 피곤하여 잠시 나무에 등을 기댄 채 휴식을 취했다. 그리고 다시 일어나 움직일 때 겉옷을 두고 갔다.

케이트가 숲 속으로 사라지고 난 뒤 늑대 몇 마리가 나타났다. 녀석들은 케이트의 옷에서 나는 냄새를 맡았다.

그리곤 머리를 들어 케이트가 사라진 방향으로 이동하려 했다. 그 순간 커다란 몽둥이가 떨어져 내렸다. 늑대의 뒤를 따르는 오거가 후려갈긴 것이다.

퍼억! 캐앵!

단 한 방이다. 척추가 부러진 녀석이 즉사하자 곁에 있던 늑대들이 일제히 고개를 들었다.

그리곤 꼬리를 말고 도망쳤다.

늑대 다섯 마리가 상대할 적이 아니기 때문이다.

배가 고팠던 오거는 늑대를 집어 들고 숲으로 들어갔다. 그리곤 우적우적 씹어 삼켰다.

그날 이후 이곳엔 아무도 오지 않았다.

아르가니 후작이 본 것은 늑대의 피였던 것이다.

아무튼 숲 속에서 길을 잃고 배회하던 케이트는 몬스터의 공격을 받아 위기에 처했다. 그때 제니스에 의해 구함을 받았다. 그리곤 자질을 인정받아 제자가 된 것이다.

오늘 이곳에 케이트가 있는 이유는 몬스터 몰이를 하기 위함이다. 제니스의 소변이 담긴 플라스크를 들고 하늘에 떠 있으면서 이들을 조종했던 것이다.

플라이 마법은 제니스가 만들어준 아티팩트가 있었기에 가능한 일이었다.

어쨌거나 케이트가 눈을 동그랗게 뜨며 어서 대답해 달라는 표정이다.

"그러는 케이트는 여기에 웬일이야?"

"저요? 전 스승님이 몬스터들을 몰라고 해서……."

케이트의 말은 이어지지 못했다. 현수의 뇌리를 스친 상념 때문이다.

"그럼 제니스가 케이트의 스승인 거야?"

"네에? 어, 어떻게……? 혹시 저희 스승님을 아세요? 그, 근데 위대한 존재라는 것도 아시는 거예요?"

현수가 제니스의 이름을 너무 함부로 불렀다는 느낌을 받은 때문에 우려되어 한 말이다.

그렇기에 말을 하면서도 사방을 둘러본다. 혹시라도 스승이 근처에 있다면 경을 칠 일이라 생각한 것이다.

"그럼 알지. 여긴 제니스를 만나기 위해 온 거야."

"그, 그럼 라이세뮤리안님도 아세요?"

"당연히 알지. 포인테스 영지에 같이 갔었잖아."

"아! 그럼 그때……."

케이트는 제니스에게 구함을 받은 직후 라세안을 보았다. 그때는 폴리모프한 상태가 아니라 본체였다.

말 안 듣는 드레이크들을 위협하기 위함이다.

그렇기에 라이세뮤리안이 현수와 같이 왔던 인물인 것을 모르고 있었던 것이다.

"그래, 그때 같이 갔던 친구지. 그나저나 제니스는 어디에 있어?"

"저어, 마탑주님!"

"왜?"

"마탑주님께서 라이세뮤리안님과 친하신 건 알지만 제 스승님을 그렇게 함부로 부르시다간……. 혹시 아세요? 스승님의 오라버니가 드래곤 로드님이시라는걸."

케이트는 여전히 조심스런 표정이다. 드래곤의 심기를 어지럽혀 좋을 일이 없기 때문이다.

"알아. 그래서 제니스를 만나러 온 거야. 근데 안 보이네. 지금 어디에 있지?"

"스승님이요?"

"그래."

"아마 내일쯤 오실……."

케이트의 말은 중간에 잘렸다. 마나 유동과 동시에 제니스의 신형이 나타난 때문이다.

"하인스! 여긴 웬일이지?"

"어머! 두 분이 서로 아시는 사이예요? 근데 스승님은 어쩐 일이세요? 오늘 못 오신다고 했잖아요."

케이트가 어리둥절할 때 제니스의 말이 이어졌다.

"케이트 때문에 왔나?"

"케이트 때문이라니? 난 여기 있는 줄도 몰랐어."

"그럼 여긴 무슨 일이지?"

"드래곤 로드 때문이야."

"옥시온케리안 말인가?"

제니스가 슬쩍 미간을 좁힌다.

쌍둥이로 태어나 오랫동안 같이 지냈지만 마음에 들지 않아서이다. 그러거나 말거나 현수는 용무를 말했다.

"그래. 제니스가 중재 좀 해줬으면 해서."

이번엔 제니스가 어리둥절한 표정을 짓는다.

"내가 중재? 무슨 일로?"

"내 영지가 로드의 영역과 겹치나 봐."

"겹치는 게 아니라 하인스가 그의 영역을 침범한 거야. 그 땅은 지난 수천 년 동안 옥시온케리안의 영역이었으니까."

"그래? 그건 그럴 수도 있겠군. 아무튼 내가 자리를 잡으려는 곳에서 나가라고 하네."

"당연하지. 자신의 영역을 침범 당했으니."

제니스의 고개가 위아래로 크게 끄덕여진다. 인간이 감히 드래곤 로드의 영역을 침범한 것이기 때문이다.

"근데 갈 데가 없어. 그러니 거기 자리 잡을 수 있도록 제니스가 힘 좀 써주면 안 될까?"

"내가? 내가 왜 그래야 하지?"

제니스는 새침한 표정이다. 전에 현수에게 당했던 생각에 치가 떨린 때문이다.

시쳇말로 쪽팔려서 아무에게도 말하지 않은 것이 있다. 현수에게 당한 후 너무도 분통이 터져 눈물을 질질 짠 것이다.

태어난 이래 초유의 일이다.

비교적 냉정한 성품을 타고나기에 부모 드래곤이 세상을 떠나도 눈물을 흘리지 않는다.

어쨌거나 현수에게 두들겨 맞고 아파서 울었다. 역사상 처음으로 인간에게 매 맞고 눈물 흘린 드래곤이 된 것이다.

매까지 맞았는데 중간에 나서서 도우라 하니 마뜩치 않다. 하여 새침한 표정인 것이다.

이런 속내를 어찌 짐작하지 못하겠는가!

현수는 시니컬한 표정을 지었다.

"뭐 안 된다면 할 수 없지. 힘으로 꺾으면 되니까. 그나저나 대륙에 드래곤의 개체수는 얼마나 돼?"

"그건… 왜 묻지?"

"드래곤 로드와 싸우면 다 덤빈다면서. 나도 준비를 좀 해야 하거든. 혹시 라세안으로부터 들은 거 없어?"

"라세안으로부터 들은 거? 뭐?"

제니스가 고개를 갸웃거린다. 무엇에 관한 이야기인지 감이 잡히지 않은 때문이다.

"내게 핵배낭이라는 게 있어. 그걸 몇 개나 준비해야 하나 해서. 설마 개체수가 100을 넘고 그러는 건 아니지?"

"……!"

제니스는 핵배낭에 관한 이야기를 들은 바 있다. 현수에게 호되게 당한 이후 침울해 있을 때 들은 이야기이다.

그 정도 당한 걸 다행으로 여기라는 뜻으로 해준 말이다. 그때 각종 미사일과 핵배낭에 관한 이야기를 들었다.

그거 하나면 웬만한 산 하나는 평지가 되어버린다고 했을 때 말도 안 된다고 했다.

드래곤도 단숨에 그럴 순 없기 때문이다.

그때 라세안은 손바닥의 상처를 보여주었다. K-6 중기관총에 당한 흔적이다.

제니스는 라세안의 상처를 보고 크게 놀랐다. 드래곤은 본체일 때가 폴리모프 상태보다 훨씬 강하다.

그리고 드래곤의 비늘은 소드 마스터라 할지라도 상처 내는 게 쉽지 않다. 그런데 움푹 파인 걸 본 것이다.

"뭐 개체수가 100을 넘어도 그만이긴 해. 그거보다 더 강력한 것도 있으니까. 핵미사일이라는 게 있거든. 한번 볼래?"

"핵미사일? 그, 그래!"

"좋아! 아공간 오픈! 출고!"

현수의 말이 떨어지기 무섭게 지나에서 가져온 핵미사일이 튀어나온다.

길이 10.7m, 직경 1.4m에 무게 14.7톤짜리이다.

동풍21로 명명된 이것은 300KT짜리이다. 다이너마이트 30만kg이 한 번에 터지는 위력이다.

참고로 히로시마에 떨어진 핵탄두는 15KT짜리였다.

상당히 큰 크기에 깜짝 놀란 제니스가 한 발짝 뒤로 물러설 때 현수의 말이 이어졌다.

"어때? 괜찮아 보이지? 이건 2,000km 밖에서도 쏠 수 있어.

대단하지? 이거 하나면 바세른 산맥은 아마 남아나는 게 없을 거야."

"그럼… 바세른이 평지가 되기라도 한다는 거야?"

제니스가 살짝 긴장한 표정을 짓는다. 기대했던 반응이다. 하여 현수는 크게 고개를 끄덕였다.

"아마 그럴 거야. 장담하건대 바세른엔 살아 있는 생명체의 씨가 마를 거야. 깊은 땅속에 있다고 해도."

물론 뻥이다. 어찌 핵미사일 한 발로 거대한 산맥을 통째로 뭉갤 수 있겠는가!

TNT 58MT톤짜리 차르 봄바[7)]로도 불가능한 일이다.

러시아에서 만든 이것은 히로시마에 떨어진 원폭의 3,800배 위력을 보였다.

버섯구름의 크기는 높이 64㎞, 폭 30~40㎞ 정도였다.

100㎞ 밖에서도 3도 화상을 입었고, 270㎞ 이상 떨어져서 관찰하던 실험 관계자들도 무지막지하게 뜨거운 열을 느껴야만 했다.

900㎞ 떨어진 핀란드의 유리창이 깨졌고, 충격파는 700㎞는 족히 갔으며, 5~5.2 정도의 지진파가 지구를 세 바퀴나 돌았다.

이것을 프랑스 파리에 떨어뜨릴 경우 한 방에 파리 전체가

---

7) 차르 봄바(Tsar Bomba) : 폭탄의 황제라는 뜻, 소비에트 연방의 수소 폭탄이다. 현재까지 폭발한 가장 큰 폭탄으로 인류가 만들어낸 가장 강력한 무기이기도 하다.

평평해진다. 초토화 정도가 아닌 것이다.

그렇기에 차르 봄바가 터진다면 바세른 산맥의 생명체 대부분이 목숨을 잃게 될 것이다. 하지만 산맥마저 편평해지진 않는다. 너무 크고 광범위하기 때문이다.

어쨌거나 때론 뻥카도 먹힐 때가 있다. 지금의 제니스가 그러하다. 살짝 겁먹은 표정이다.

라세안이 먼저 당하기는 했다. 지금도 등산용 배낭이 핵배낭인 것으로 철석같이 믿고 있다.

어쨌거나 라세안으로부터 들은 이야기가 있기에 눈앞의 핵미사일을 외경 어린 시선으로 바라본다.

등에 지고 다닐 정도만 해도 5㎞ 내엔 남아나는 게 없을 거라 했다. 그런 그것에 비교하면 어마어마하게 큰 것이다.

이게 터지면 현수의 말처럼 바세른 산맥이 뭉개질 수도 있다는 생각을 했다. 드래곤들이 모여 있을 때 터뜨리면 멸족이라는 결과가 빚어질 수도 있다.

그렇기에 저도 모르게 마른침을 삼킨다.

물론 여전히 겁먹은 표정이다. 내심 웃음이 터지려 했으나 이를 억누르며 물었다.

"하나 더 보여줄까? 내 아공간에 제법 있거든."

이번에도 뻥카다. 하나가 더 있는 건 맞지만 더 있다는 말은 거짓이다. 물론 가져오려면 얼마든지 더 가져올 수 있다.

어느 곳에 보관되어 있는지를 알고 있으니 가능한 일이다.

"이, 이런 게 또 있다고?"

"응. 일단 하나만 더 보여줄게. 아공간 오픈! 출고!"

또 하나의 핵미사일이 나타나자 제니스의 표정이 급격하게 어두워진다. 드래곤의 힘으로도 제압하지 못할 수 있겠다는 생각을 한 것이다.

"이건 위험한 거니 일단 집어넣고 말하지. 입고!"

말을 마치자 두 개의 핵미사일이 아공간 속으로 빨려들어간다. 현수는 아무렇지도 않다는 표정으로 말을 이었다.

"솔직히 말해서 이건 쓰고 싶지 않아. 위력이 너무 강해서 피해가 심하거든. 내가 온 곳에서 이걸 실전에서 썼는데 그 결과가 어떤지 알아?"

"어, 어땠는데?"

"백문이 불여일견이라는 말이 있어. 그래서 이것보다 10억 분의 1 정도 위력을 가진 걸 터뜨려서 보여줄게."

"10억 분의 1짜리를?"

"그래. 조금 위험하니 뒤로 좀 물러나지."

현수는 흑마법사들의 시신이 즐비한 전장을 바라보았다.

워낙 괴이한 놈들인지라 그냥 놔두면 시신을 가지고 무슨 장난을 칠지 모른다. 그렇기에 시신마저 없애려는 것이다.

"아공간 오픈!"

현수가 꺼낸 것은 네이팜탄(Napalm bomb)이다.

터지면 3,000℃ 정도 되는 매우 높은 온도로 광범위한 정글을 불바다로 만드는 놈이다.

근처의 산소까지 고갈시키는 위력을 발휘한다. 그렇기에 불길이 닿지 않아도 질식사시킬 수 있다.

현수가 꺼내 든 것은 단숨에 2,500㎡를 완전한 재로 만들 수 있는 것이다. 월남전 때 많이 사용된 것이다.

콩고민주공화국 반군들이 반입하려던 것이다.

"그건… 뭐죠?"

제니스의 어투가 살짝 바뀌어 있다. 저도 모르게 존댓말을 쓴 것이다. 하지만 개의치 않았다.

"보면 알게 될 거야. 자, 플라이!"

몸을 띄운 현수는 적절한 고도에서 네이팜탄 서너 개를 흑마법사들의 시신이 있는 곳으로 투하했다.

휘이익—!

콰콰콰쾅! 콰콰콰콰콰쾅—!

시뻘건 화염이 솟으며 주변을 모조리 태운다.

제니스와 케이트, 그리고 브란테 왕국군들의 눈이 퉁방울만 해진다. 눈앞에 화염지옥이 펼쳐진 때문이다.

"이게 10억 분의 1이라고요?"

"어쩌면 그보다 더 적을지도 몰라. 아까 그것들은 정말 강력한 거거든."

"허억—!"

제니스는 저도 모르게 당혹성을 터뜨렸다.

현수의 말이 사실이라면 멋모르고 덤벼드는 드래곤은 모두 죽을 것이기 때문이다.

"이걸 쓰고 싶지 않으니까 중재 좀 부탁해."

"……!"

제니스는 잠시 아무런 말이 없었다.

그러는 동안에도 시뻘건 화염은 전장에 널려 있던 흑마법사들의 시신을 삼켜 버린다.

물론 울창했던 숲도 불타오르고 있다.

추운 겨울이지만 뜨거운 열기 때문에 비켜서야 할 정도였다. 놀란 몬스터들은 멀찌감치 물러나 있다.

현수는 잠시 시간을 두었다가 다시 입을 열었다.

"그리고 하나 더!"

"하나 더요? 뭐죠?"

"라세안에게 이야기 들었는지 모르겠는데 제니스가 아드리안 공국, 아니, 아드리안 왕국의 수호룡이 돼줬으면 해."

"네? 제가요?"

"그래. 제니스는 드래곤이니 나보다 훨씬 오래 살 거 아냐. 그러니 아드리안 왕국의 수호룡이 되어줘."

"드래곤은 인간사에 개입하지 않는 것이 원칙……."

제니스의 말은 중간에 끊겼다.

"아니던데? 라이셔 제국의 건국 황제 알렉산더 폰 라이셔의 본명이 알렉산더 에머리어스 카르테로사잖아."

"아, 알렉산더도 아세요?"

제니스의 어투는 완전한 경어체로 바뀌어 있다. 현수의 기세에 압도당한 때문이다.

"뭐, 직접 만난 건 아니지만 건방지게도 내게 경고를 하더군. 그래서 언젠가 한번 보면 버릇을 고쳐줄 생각이야."

"아, 알렉산더의 버릇을 고쳐요?"

"어때? 나 정도면 한번 해볼 만하지 않겠어? 그랜드 마스터에 10서클 마스터이니까. 안 그래?"

네가 당했던 걸 생각해 보라는 표정을 짓자 제니스의 얼굴이 급격하게 창백해진다.

그때의 악몽이 생각난 때문이다.

한편, 케이트는 스승과 현수의 대화를 들으며 고개를 갸웃거린다. 핵배낭이라는 게 뭔지 모르기 때문이다.

그리고 드래곤인 스승은 존댓말을 쓰고 인간인 마탑주는 반말을 하는 게 이상했던 것이다.

"가, 가능은 하겠죠. 근데 알렉산더는 지금 수면기에 있는데 어떻게……?"

"뭐 못 보면 할 수 없는 일이지. 아무튼 내 부탁 들어줄 거지? 중재해 주는 것과 수호룡 선포하는 거. 참, 수호룡 선포는 라세안과 함께할 거야."

"그, 그건……. 잠시 생각할 시간을 주세요."

"좋아, 말미를 주지. 하지만 너무 길어지면 곤란해. 드래곤로드가 내게 시간을 너무 조금 주면 할 수 없이 한바탕해야 하니까."

"……!"

"혹시라도 내가 전음을 보내면 최대한 멀리 도망쳐."

"그건 왜요?"

"아까 그놈을 쓰게 될 수도 있으니까 하는 말이지. 왠지 제니스와 라세안만은 다치게 하고 싶지 않아. 그러니까 내가 신호를 보내면 다 팽개치고 최대한 멀리 도망쳐."

"아, 알았어요. 고마워요, 생각해 줘서."

"그래. 아무튼 빨리 결정해 줘. 나도 움직여야 하니까."

현수의 말이 막 끝나려는 순간 마나 유동이 시작되고 라세안이 나타났다.

"여어, 친구! 여기 있었군."

라세안이 두 팔을 벌리며 반가워한다.

"그래, 마침 잘 왔어. 제니스에게 두 가지 부탁을 했는데 자네도 나서주게."

"두 가지? 옥시온케리안과 공새하는 거 말고 또 있니?"

"둘이 아드리안 왕국의 수호룡임을 선포해 달라는 거."

"아! 그거? 그거야 뭐……. 알았어. 해주지. 그런데 자네가 전에 했던 말 중 반대급부라는 말 있지?"

"반대급부? 자네도 내게 부탁할 게 있나?"

현수가 고개를 갸웃거린다. 그러다 문득 생각난 게 있다.

"아이스크림 더 달라고? 아님 초코바?"

"이 친구야, 내가 무슨 식충인 줄 알아? 먹는 거 말고."

라세안의 말에 제니스가 궁금하다는 표정을 짓는다. 역시 호기심이 많은 동물이다. 이건 케이트도 마찬가지였다.

"아이스크림이 뭐지? 그리고 초코바는 또 뭐야?"

제니스의 물음에 라세안은 귀찮다는 듯 눈짓한다. 얼른 하나씩 꺼내서 주라는 뜻이다.

"아공간 오픈!"

얼른 아공간을 연 현수는 바닐라콘과 자유시간을 꺼냈다.

"이게 아이스크림이고 이건 초코바야. 포장을 이렇게 벗겨서… 자, 한번 먹어봐. 케이트도."

"난 안 줘? 나도 입 있는데."

"알았어, 알았어! 아공간 오픈!"

얼른 하나씩 더 꺼내서 주었다. 라세안과의 대화 먼저 끝내야 하기 때문이다.

"좋아, 내 부탁을 들어주는 대신 원하는 게 뭐지?"

"내가 원하는 게 뭐든 들어줄 거야?"

"자네가 원하는 거? 좋아, 자네와 난 친구 사이이니 그렇게 하지. 뭔데? 말해봐."

현수가 흔쾌히 고개를 끄덕인 이유는 라세안이 결코 해롭지 않은 요구를 할 것이라 생각한 때문이다.

지금도 본인의 요청에 따라 몬스터 몰이를 하는 중이다.

제 말로는 재미있다고 하는데 사실 뭐가 재미있겠는가!

게다가 제니스까지 동원했다. 현수의 이름을 들먹였겠지만 그런 말 하는 것 자체가 귀찮은 일이다.

"내 부탁은 조금 더 있다 말하지. 생각을 좀 정리해야 하거든. 그래도 되지?"

"물론이야. 언제든 생각 정리되면 말하게."

현수가 흔쾌히 고개를 끄덕여 주자 라세안은 흡족하다는 표정으로 바닐라콘을 핥아 먹는다.

한편, 제니스와 케이트는 바닐라콘의 달콤한 맛에 홀딱 빠져들었다. 그런 와중에도 들은 건 다 들은 듯하다.

"정말 아드리안 공국, 아니, 아드리안 왕국의 수호룡 선포를 할 거야? 로드가 싫어할지도 모르는데?"

제니스의 물음에 라세안이 고개를 끄덕인다.

"로드가 싫어하거나 말거나……. 로드도 중요하지만 내겐

이 친구도 매우 중요해. 이 친구가 모처럼 부탁했으니 당연히 들어줘야지. 안 그래?"

처음엔 제니스를 보며 한 말이지만 마지막엔 현수를 바라본다. 어찌 화답하지 않을 수 있겠는가!

"고맙네."

기분 좋은 미소를 지은 현수의 시선은 곧바로 제니스에게로 옮겨졌다. 이번 턴(turn)은 네 차례라는 표정이다.

"제니스, 내가 언제까지 기다리면 될까?"

"그, 그건……."

잠시 말을 끊은 제니스의 시선이 케이트에게 향해 있다. 잠시 제자를 바라본 제니스는 생각을 정리했다는 듯 입을 연다.

CHAPTER 04

설상가상이란 이런 것

"좋아요. 당신의 부탁을 받아들이죠. 옥시온케리안에게 이 실리프 자치령을 인정하라고 말하겠어요. 물론 받아들이고 말고는 그의 선택이겠지요."

"그래, 그 정도만 나서줘도 돼."

현수가 고개를 끄덕인다.

옥시온케리안은 제니스가 말을 한다 해도 금방 고개를 끄덕이지 않을 것이다. 하지만 네이팜탄보다 10억 배쯤 강력한 무기가 있다고 하면 이곳으로 오게 될 것이다.

와서 현장을 확인하면 생각을 달리할 것이다. 이런 이유로 위력시위를 한 것이다.

수호룡 선포는 본인의 의지로 가능한 일이다. 따라서 스승이 부탁한 공국의 안위는 이제 해결된 셈이다.

이 세상 어느 제국도 드래곤 두 마리가 수호하는 나라를 치려 하는 우매한 짓은 벌이지 않을 것이기 때문이다.

"수호룡 선포도 하죠. 대신 내 조건은 당신이 케이트를 아내로 맞아들이는 거예요."

"엥? 뭐라고? 뭘 어떻게 해?"

"스, 스승님!"

"헐!"

라세안과 케이트, 그리고 현수 모두 화들짝 놀라는 표정을 지었다. 전혀 예상치 못한 요구였던 때문이다.

제니스는 이런 반응에도 개의치 않고 듯 케이트에게 시선을 돌린다.

"왜? 너는 마탑주가 싫으냐?"

단도직입적이고 분명한 물음이다. 케이트의 두 볼은 어느새 빨갛게 달아올라 있다. 무언가를 상상한 모양이다.

하룻밤 상대로 끝나는 것이 아니라 나머지 인생 전체를 함께한다고 생각을 한 케이트는 달아오르는 뺨을 두 손으로 덮었다. 그리곤 고함치듯 대답한다.

"아, 아뇨! 시, 싫지는 않아요! 아뇨! 싫지 않은 게 아니라 좋아요! 저 시집가고 싶어요."

"자, 이 아인 좋다는군요. 이제 어쩌시렵니까?"

제니스는 더 이상의 양보는 없다는 듯 단호한 표정으로 바라본다. 같은 순간 현수는 당황스러움을 느끼고 있다.

제니스의 요구도 요구지만 케이트의 반응 또한 그러하다.

둘이 얼굴을 마주한 시간은 얼마 되지 않는다. 게다가 첫 대면 때 케이트는 몹시 당돌했다.

당연히 뭔 망발이냐면서 펄쩍 뛸 것이라 생각했다.

그런데 좋단다.

기다렸다는 듯 대답하고는 빤히 바라보고 있다. 어서 고개를 끄덕이라는 표정이다.

'헐! 이게 무슨…….'

내심 어이없어 할 때 라세안의 전음이 있었다.

'이보게, 친구! 벌써 쓱싹했으면서 왜 대답을 안 해? 너무 좋아서? 고개만 끄덕이면 이제 제니스가 반쯤 장모가 되는 셈이네. 케이트의 스승이니까. 어서 좋다고 해.'

그러고 보니 라세안을 떼어놓고 지구에 다녀오려 했을 때 이런 대화를 했다.

"나 어딜 좀 다녀오겠네. 자넨 이곳 상황 좀 알아봐 주겠나?"

"어딜 가려는데?"

"응, 점찍은 거 잘 있나 보러 가려 하네."

"아! 그거……."

그때 라세안은 현수가 케이트를 접수하러 가려는 것으로 생각했다. 그렇기에 음흉한 웃음을 지었다.

그리고 일 마치고 복귀했을 때엔 이런 대화를 했다.

"어휴! 피곤해."

"이봐, 뭘 하다 온 거야? 새로 살림 차리느라 그렇게 힘들었어? 점찍었던 케이트를 쓱싹하고 온 거지? 그런 거지?"

"으이그, 하여간! 미안. 좀 늦었어."

"어땠어? 좋았어? 삼삼했지? 그치?"

"삼삼하긴… 그저 그랬네."

"그래도 괜찮았지? 그랬나?"

"그래! 그랬으니까 이제 더 묻지 마!"

누가 들어도 케이트가 접수된 것으로 들릴 말이다.

그날 이후 라세안은 자신이니까 케이트를 양보한 것이라면서 엄청 생색냈다.

어쨌거나 라세안에게 있어 케이트는 이미 현수에게 접수된 여인이다. 따라서 제니스의 요구는 누워서 떡 먹는 것처럼 쉽게 들어줄 수 있는 것이다.

그런데 대답하지 않고 머뭇거리자 혹시라도 제니스의 마음이 변해 다른 걸 요구할까 싶어 전음을 보낸 것이다.

같은 순간, 제니스는 심유한 눈빛으로 현수를 바라보고 있다. 내심이 어떤지 짐작해 보려는 것이다.

처음 케이트를 발견했을 때 그녀는 경각지경에 처해 있었다. 뒤쪽에서 트롤 한 마리가 살금살금 다가가고 있어 몹시 위급한 순간이었던 것이다.

그때 라세안의 다음과 같은 말이 튀어나왔다.

"어라! 케이트 잖아. 하인스의 여자가 여긴 왜……?"

그 순간 제니스의 생각은 정리되었다. 하여 그 즉시 트롤을 쫓아내고 케이트를 구했다.

감사의 뜻을 전하는 케이트를 바라보던 제니스는 눈빛을 빛냈다. 인간치고는 마나 감응도가 뛰어난데다 화후 또한 높아 호기심이 생긴 것이다.

하여 이것저것 물어보았고, 제자로 받아들였다.

여기엔 두 가지 안배가 있다.

하나는 유희이다. 재질 뛰어난 인간의 마법 스승이 되어 한동안 시간을 보내보려는 것이다.

두 번째는 현수이다.

케이트는 현수의 여자라 하였다. 그런 케이트의 스승이 되면 자신은 반쯤 장모가 된다. 제자의 남편이 되기 때문이다.

라세안과 함께하는 동안 현수는 자신과 관련 있는 인물들을 살뜰히 챙긴다고 들었다.

매지션 로드이며 그랜드 마스터이지만 카이로시아의 가족과 로잘린의 부모에게 아주 잘해준다는 것이다.

사회적 신분과 작위에 관계없이 배우자의 부모에겐 효도를 하는 것이 코리아 제국의 법도이기 때문이란다.

따라서 케이트의 자리가 확고해지면 현수로부터 반쯤 효도를 받는 위치가 된다.

앞으로 평생 동안 공경을 받는 일만 남은 것이다.

이는 두들겨 맞은 치욕스런 과거를 지우는 일이 될 것이다. 아울러 드래곤으로서의 체면도 서는 길이다.

그렇기에 이런 요구를 했는데 대꾸가 없다.

슬쩍 오기가 돋는다.

"싫으면 마세요. 옥시온케리안과 싸우든 말든 난 상관 안 할 테니까요. 그리고 미리 말해두지만 내 요구를 들어주지 않으면 언젠가 아드리안 왕궁에 브레스를 쏘아드리죠."

"……!"

시선이 마주치자 기다렸다는 듯 말을 잇는다.

"내가 하인스보다 훨씬 오래 살 테니까요."

이건 확실하다. 현재 현수의 기대 수명은 1,200년이다.

가이아 여신의 가호를 받는 가운데 신성력으로 인한 또 한 번의 바디체인지를 경험한 결과이다.

신성력으로 인한 바디체인지는 마나로 인한 것보다 더한 효과가 있다.

질병에 걸리지 않는 것과 수명이 연장되는 것, 모든 부조화가 바로잡히는 것 이외에 어떠한 불결함으로부터 자유로울 수 있다는 것이다.

다 썩은 물이라 할지라도 손가락 하나를 담그고 신성력을 뿜어내면 이 세상 어떤 약수보다도 깨끗한 물로 정화된다.

지구를 예로 들자면, 일본 후쿠시마 원전 지하수의 방사성 물질은 기준치의 71,000배에 달한다.

2013년 11월에 측정한 결과에 의하면 제1원자력발전소의 관측용 우물 지하수에서 스트론튬90[8] 등 베타선을 방출하는 방사성 물질이 1 *l* 당 71만 베크렐[9]의 농도로 검출되었다.

참고로 1 *l* 당 10베크렐이 기준치이다.

현수가 이 물에 손을 담고 신성력을 뿜어내면 기준치 이하로 완벽하게 정화된다.

현재의 능력으론 최대 10톤 정도를 정화시킬 수 있다.

---

8) 스트론튬 90(Strontium 90) : 스트론튬의 인공적인 방사성 동위체. 반감기가 28년이며 강력한 β선을 방출하고, 음식물이나 공기에 의해 인체에 들어가면 골격 등에 축적되며 체외에 배출되는 속도가 대단히 느리다. 위험도가 가장 높은 방사성 핵종의 하나로 원자 폭탄, 수소 폭탄 실험 후 떨어지는 재 속에 존재한다.

9) 베크렐(Becquerel) : 방사능 물질이 방사능을 방출하는 능력을 측정하기 위한 방사능의 국제단위(SI)로 베크렐(Bq)로 표시한다.

라이셔 제국 신전농장에서 신성력 세례를 받을 때 가이아 여신은 다음과 같은 뜻을 전했다.

너는 내가 간택한 내 딸의 배우자!

선택받은 인간이여!

누릴 수 있는 모든 복락을 누리며 살지니 내 딸을 잘 보살펴 내 뜻이 세상에 널리 퍼지도록 하라.

나의 뜻에 따를 때 네 세상에도 나의 힘이 미치리라.

현수는 가이아 여신의 뜻에 따라 성녀를 아내로 맞이하기로 했다. 하여 지구에서도 신성력을 쓸 수 있게 된 것이다.

어쨌거나 혼자 하면 고작 10톤이 정화되지만 성녀와 함께라면 단숨에 500톤으로 양이 늘어난다.

성녀와 최초 합방 시 가이아 여신은 둘을 축복하는 의미로 또 한 번의 신성력 세례를 베풀 예정이다.

그 이후라면 현수 혼자 100톤, 둘은 5,000톤 정도를 정화시킬 수 있게 된다.

신성력이 고갈되면 기도를 통해 재충전시킬 수 있다. 그러면 추가 정화작업이 가능해진다.

물론 오염된 지하수의 양이 많을 테니 모두 정화하려면 어마어마한 신성력이 필요할 것이다.

어쨌거나 현수의 올해 나이는 서른이다.

이제 1,170년이 남았다. 문제는 제니스가 훨씬 더 오래 살 것이라는 것이다.

앙심이 오래간다면 언젠가 아드리안 공국뿐만 아니라 애써 가꾼 이실리프 자치령에도 브레스를 뿜어댈 수 있다.

그 결과 끔찍한 참상이 빚어지게 될 것이다.

아드리안 공국이야 그렇다 쳐도 이실리프 자치령엔 후손이나 제자들이 살고 있을 것이다.

그들이 당하는 것을 어찌 두고만 보겠는가!

하여 제니스를 이 자리에서 소멸시키는 것을 생각해 보았다. 하지만 그럴 수는 없다.

라세안이 빤히 보고 있기 때문이기도 하지만 드래곤 로드와의 관계가 돌이킬 수 없는 지경이 될 것이기 때문이다.

제니스를 소멸시키면 로드가 나설 것이다. 그와 대립각을 세우면 모든 드래곤이 공격할 것이다.

다 죽일 수야 있겠지만 피해가 상당할 것으로 예상된다.

지금껏 공들인 이실리프 자치령은 흔적도 없이 사라질 것이고, 아드리안 공국은 박살 날 것이다.

'휴우! 하는 수 없지.'

현수는 고개를 설레설레 흔들었다. 상상하기 싫은 일들을 떨궈내기 위함이다. 이때 결정적인 전음이 들린다.

'이보게, 친구! 설마 케이트 싫어진 거야? 그럼 내가 자네 대신 케이트를 차지해도…….'

라세안의 전음에 현수는 고개를 번쩍 들었다. 그리곤 제니스를 바라보며 선언하듯 대꾸했다.

"그러지. 케이트를 아내로 맞아들이겠어."

케이트의 두 눈이 화등잔만 해진다. 쉽지 않을 것이라 여긴 일이 너무도 쉽게 성사된 듯해서이다.

제니스의 얼굴에 화사한 미소가 어린다.

"내가 케이트의 스승이라는 건 알죠?"

아주 공손한 존댓말이다. 그리고 긴 말은 아니지만 담긴 뜻도 확실하다.

"…네, 압니다."

"우리 앞으로 잘 지내요."

"그럼요. 앞으로도 케이트를 잘 부탁드립니다."

현수의 말도 존댓말로 바뀌어 있다. 아내의 스승이니 말을 높여주는 것이 당연하기 때문이다.

"호호! 호호호호! 옥시온 문제는 신경 쓰지 않아도 될 거예요. 드래곤 로드이기는 하지만 내 말은 잘 들어주니까요."

현수와 좋은 관계를 유지하지 않으면 또 다른 신전 하나를 골라 왕창 싸줄 수 있다고 협박할 생각이다.

그러면 드래곤 체면이 말이 아니게 된다. 그게 골치 아파서

라도 양보할 것이라는 걸 알기에 자신만만한 표정이다.

"잘 부탁드립니다."

"당연하죠. 근데 우리 케이트는 언제 데려가실 건가요?"

"아실지 모르겠습니다만 제겐 아내들이 있습니다. 각각의 아내들과 결혼식을 올린 후 데려가죠."

"너무 늦지 않기를 바라요."

약속만 해놓고 100년 후쯤 나타날 수 있기에 한 말이다.

"장부의 일언은 중천금과 같습니다. 이실리프 자치령이 완성될 즈음이면 될 겁니다."

"그럼 오래 기다리지 않아도 되겠군요. 그동안 케이트에게 신부 수업을 시키죠."

"네, 감사합니다."

현수는 정중히 고개를 숙여주었다. 더 이상의 강짜를 바라지 않는다는 뜻이다.

"한데 드래곤 로드와의 일은 언제……."

현수의 말은 중간에 끊겼다.

"지금 바로 가죠. 케이트, 이리 와!"

"네? 아, 네."

케이트가 가까이 다가서자 제니스의 입술이 달싹인다.

"텔레포트!"

샤르르르르릉—!

둘의 신형이 사라지자 라세안이 입맛을 다신다. 봅시 아깝다는 표정이다. 지금껏 수많은 여인을 품었다.

개중엔 제국의 공주도 있다. 일일이 세어보지 않아 정확한 숫자는 알 수 없지만 최소 200명은 넘는다.

그중 케이트만큼 아름다운 여자는 드물었다. 그렇기에 현수가 마땅해하지 않으면 날름 하려는 생각을 품었던 것이다.

"자넨 좋겠어!"

"좋기는 개뿔! 말도 안 되는 조건이었잖아. 어떻게 케이트를 아내로 맞아들이라는 걸 조건으로 내걸지?"

"속으론 좋으면서. 그나저나 나도 부탁하지."

"그래? 결정되었어? 해봐. 뭐든 들어줄 테니."

대체 어떤 부탁을 하려는지 들어나 보자는 표정이다.

"남아일언중천금, 장부일언중천금이라는 말 확실한 거지?"

"대체 무슨 부탁을 하려고 다짐을 요구하는 건가?"

현수의 말은 묵살되었다.

"확실하냐고?"

"확실해! 다만 카이로시아나 로잘린, 그리고 성녀나 케이트와 헤어지라는 건 안 돼. 그 밖의 것은 들어줄게."

현수의 말이 떨어지자 라세안의 고개가 끄덕여진다.

"뭐어? 성녀도 낼름 했어? 하긴……. 능력 있으니. 좋아, 내 부탁은 다프네도 아내로 맞아들이라는 거야."

"뭐? 다프네를? 혼돈의 숲을 안내해 줬던?"

"그래, 그 다프네도 아내로 받아들여."

"라세안! 자네 혹시 열 있어? 대체 다프네는 왜?"

"……!"

라세안은 대꾸 대신 빤히 바라보기만 한다.

"대체 왜? 혹시 내가 아니라고 하면 가서 그녀라도 쓱싹하려고? 설마 그런 거야?"

현수의 말투가 라세안과 비슷해졌다.

"그건 알 필요 없고, 어떻게 할 거야? 다프네도 아내로 맞이할 거지? 무슨 부탁이든 다 들어준다고 했잖아."

라세안은 제법 오랜 시간을 같이해서 그런지 제니스같이 협박하진 않았다. 대신 빤히 바라본다.

남자로서 내뱉은 말에 대한 책임을 지라는 표정이다.

"다프네가 예쁜 아가씨인 건 인정해. 하지만 나는 그녀에 대해 애정이 조금도 없어."

어떻게든 모면하려는 말이다.

"처음부터 죽고 못 사는 사이는 없지. 살다 보면 조금씩 애정이 샘솟을 수도 있는 거니까. 안 그래?"

라세안은 긴말하지 않는다. 또 바라만 볼 뿐이다. 네 입에서 어떤 소리가 나올지 기대된다는 표정을 짓고 있다.

"휴우! 대체 왜 내게……."

현수는 잠시 고뇌에 찬 표정을 지었다. 이 상노번 염복[10]이 아니라 여난[11]이다.

카이로시아와 로잘린, 그리고 성녀까지는 조화롭게 컨트롤할 수 있을 것 같았다. 모두가 지나치리만치 순종적이니 한쪽만 편애하지 않으면 된다.

여기에 케이트와 다프네까지 포함되면 다섯이나 된다.

코리아 제국의 백작이라 뻥을 쳤으니 다섯 명의 부인까지 둘 수 있다. 따라서 이곳에선 손가락질 당하진 않을 것이다.

하지만 양심상 다섯이나 되는 여인을 아내로 맞이한다는 것에 대해 심리적 거부감이 있다.

하여 어떻게든 현 상황을 모면하고 싶다. 그런데 라세안은 꿈쩍도 하지 않는다.

"다프네를 아내로 맞이하겠다고 하면 아드리안 공국, 아니, 아드리안 왕국뿐만 아니라 이실리프 자치령 또한 수호하겠다고 선언해 주지."

"…대체 왜? 다프네와 무슨 관계 있나?"

이실리프 자치령에 대한 수호 선언도 해주면 좋다.

라세안이 마나의 품으로 돌아가는 그때까지 후손들의 안녕이 보장되기 때문이다. 하여 무슨 의도냐는 표정을 지었다.

그러거나 말거나 라세안의 말이 이어진다.

---

10) 염복(艶福) : 아름다운 여자가 잘 따르는 복.

11) 여난(女難) : 여색(女色)이나 여인과의 교제로 인하여 생기는 근심과 재난.

"드래곤 로드와의 중재에도 나서겠네."

"진짜?"

라세안이 나서주기만 한다면 제니스 혼자일 때보다 더 확실할 것이다.

"자네와 다프네 사이에서 태어나는 아이와 그 아이의 후손들이 바라는 게 있다면 세 가지는 들어주겠네."

드래곤은 결코 한 입으로 두말하지 않는다. 그리고 아무렇게나 내뱉은 말이라도 맹약이 된다.

다시 말해 한번 한 말은 반드시 지킨다. 남아일언중천금 따위는 비교도 안 될 정도로 무게감이 있다는 뜻이다.

"나와 다프네 사이에서 태어나는 아이와 그 후손들의 소원 세 가지를 들어주겠다고? 자네가 대체 왜……?"

이 말을 아주 밀접한 관계로 지내겠다는 뜻이다. 현수는 왜 이런 시키지도 않은 말을 하느냐는 표정으로 바라보았다.

하나 라세안은 바라만 볼 뿐이다. 이제 네 차례이니 네 뜻을 밝히라는 표정이다.

"…좋아, 다프네도 아내로 맞아들이겠네."

"남아일언은?"

"중천금이네."

라세안의 말을 현수가 받았다. 그러자 손을 내민다. 현수에게 배운 악수를 하자는 뜻이다.

하여 군은 악수를 나누며 물었다.

"그런데 왜 하필이면 다프네인가? 자네가 예쁘다고 칭찬을 그렇게 해놓고서."

왜 직접 쓱싹하지 않고 본인에게 넘기냐는 뜻이다. 이에 라세안은 의미심장한 웃음을 짓는다.

"결혼하고 첫날밤을 지내면 그때 알려주지. 그나저나 자네가 내 부탁을 들어주었으니 나도 자네의 청을 들어줘야지. 로드에게 다녀오겠네. 텔레포트!"

샤르르르르르릉—!

라세안의 신형 또한 사라졌다.

"허~! 대체 왜……. 그나저나 큰일이네. 로시아와 로잘린에게 뭐라 말하지? 크으, 설상가상이 되어버렸네."

나직이 중얼거리며 몸을 돌렸다. 브론테 왕국의 기사와 병사들이 여전히 무릎 꿇은 채 고개를 조아리고 있다.

도망치면 죽음이라는 생각이 전염병처럼 번져 있기에 어느 누구도 도주하지 않고 있는 것이다.

"……!"

잠시 기사와 병사들을 둘러보았다. 기사 200명에 병사 20,000명이다.

"모두 들어라! 나는 이실리프 마탑의 마탑주이다!"

"……!"

모두들 그러면 그렇지 하는 표정이다.

아수라 같던 흑마법사들을 추풍낙엽처럼 쓸어버린 실력이다. 하여 벌써부터 짐작하고 있었던 것이다.

“너희 중 대표는 누구인가?”

현수의 말이 떨어지자 선두에 있던 기사가 크게 고개를 조아리며 대꾸한다,

“소, 소인 테피라 몬데스가 이들의 수장이옵니다.”

“좋아, 자리에서 일어서게. 그대는 기사인가?”

얼른 일어서며 공손히 고개를 조아린다.

“그러하옵니다. 헤리온 자작가의 기사이옵니다.”

“브론테 왕국은 흑마법사에 의해 장악되었다 들었다. 그 내용을 소상히 고하라.”

“네, 마탑주님! 저희 브른테 왕국은…….”

잠시 기사 테피라 몬데스의 말이 이어졌다.

소상공인이 나라에 활력을 불어넣던 브론테 왕국엔 알칸 대공이라는 자가 있다.

국왕은 국사를 결정함에 있어 늘 그의 의견을 물었다. 그가 국사(國師)이기 때문이다.

다시 말해 알칸 대공은 국왕의 스승이다. 그렇기에 행정 요직엔 알칸 대공의 사람들이 박혀 있다.

물론 흑마법사들이다. 이렇게 되어 멀쩡하던 나라가 흑마

법사의 천하로 바뀐 것이다.

국왕에게 충성을 맹세한 귀족들은 알칸 대공의 명령을 따를 수밖에 없다. 국왕친림패를 가지고 있기 때문이다.

무소불위의 권력을 행사하는 알칸 대공은 귀족들로 하여금 영지 병력을 이끌고 다른 나라를 침공하도록 했다.

그곳에서 재물과 곡식을 약탈해야 했고, 흑마법사의 실험체가 될 포로들도 잡아와야 했다.

안 그러면 귀족 일가가 그 일을 대신해야 하기 때문이다.

시범 케이스로 지시를 따르지 않던 귀족 일가를 좀비와 구울로 만들어 버렸던 것이다.

현재 모든 귀족가의 행정관은 흑마법사이다.

브론테 왕국 수도의 아카데미에선 흑마법을 가르치고 있다. 그렇기에 모든 인력을 감당할 수 있었던 것이다.

아무튼 귀족이라는 허울만 남겨놓은 것이다. 그렇기에 알칸 대공의 명령을 따라야 했다.

이곳에 온 병력은 헤리온 자작가와 이웃 영지인 라르센 자작가, 그리고 호프만 남작가의 기사와 병사들이다.

헤리온 자작, 라르센 자작, 그리고 호프만 남작은 조금 전 몬스터들과의 혈전 때 모두 사망했다.

테피라는 이들 영지 기사 중 가장 연장자이다. 그렇기에 본인이 대표라고 나선 것이다.

테피라 등은 영주의 출동 명령을 받고 이곳에 왔다. 무지막지하다 해도 좋을 몬스터들의 습격을 저지하기 위함이다,

어제 도착하였고, 아침부터 혈전을 벌였다고 한다.

테피라의 말에 의하면 흑마법사의 수는 아직도 10,000여 명이 더 있다. 현재는 2,000명 단위로 묶여 몬스터들에 대항하는 중이다.

"그럼 현재의 영지엔 흑마법사들이 없다는 건가?"

"극소수 필수 인원만 남아 있고 대부분 차출된 상태입니다. 매지션 로드께서 제거하신 흑마법사들도 저희 영지 행정관들입니다."

"흐음! 그래? 그럼……."

현수는 테피라와의 대화를 조금 더 이어갔다. 그 결과 이들 모두 어쩔 수 없이 나서게 되었음을 알게 되었다.

"너희 모두 영지로 되돌아가라. 브론테 왕국을 떠나겠다면 가족을 이끌고 테리안 왕국을 통해 이실리프 자치령으로 오도록 하라."

"……!"

현수의 말에 대체 어찌 된 영문인지 모르겠다는 표정이다. 꼼짝없이 죽을 일만 남았다고 생각한 때문이다.

"내 영지엔 드리튼 백작과 영지민이 이미 당도하여 있다. 내 영지 개발에 힘을 보태라. 그 일이 끝나면 너희에게 자유

를 줄 것이다."

이실리프 자치령은 경기도 크기와 비슷하다.

그런데 영지민이 너무 적다. 말하지 않아도 알아서 찾아드는 유민의 대부분은 테리안 왕국 사람들이다.

그들을 지속적으로 받아들이는 것은 좋지 않다.

이곳은 노동력이 국가의 재산인 곳이기에 우호관계에 금이 갈 수 있기 때문이다.

아무튼 브론테 왕국은 없어져야 마땅하다.

하지만 그 땅에 살았다 하여 모두가 악인은 아니다. 하여 살길을 열어주려는 것이다.

"저, 정말 저희를 받아주시는 겁니까?"

"내 영지에 오기만 하면 그리될 것이다. 강요하는 것은 아니니 잘 생각하여 판단하라."

"감사합니다, 감사합니다."

테피라가 고개를 조아리며 사의를 표한다.

현재의 브론테 왕국은 온갖 불의가 판을 치고 있다. 흑마법사들이 원하기만 하면 무엇이든 줘야 하는 세상인 것이다.

그들이 원하는 것은 노동력과 재물뿐만이 아니다. 딸과 아내를 원하기도 한다.

그들의 뜻에 반하면 언제 어떻게 없어질지 모른다.

수년 전부터 실종되는 사람 수가 상당히 많은 것이 그 증거이다. 모르긴 해도 흑마법의 실험 재료로 쓰였다가 죽어선 좀비나 구울이 되었을 것이다.

지금까지는 떠나고 싶어도 갈 데가 없었으며, 흑마법사들의 감시를 떨칠 수가 없었다. 그런데 지금은 아니다.

이곳에 출동했던 거의 모든 흑마법사가 제거되었다.

영지에 남아 있는 흑마법사는 얼마 되지 않는다. 그들은 전투에 참여할 수 없을 정도로 저서클이다.

그들만 제거하면 가족들과 함께 불의의 땅을 탈출할 수 있는 절호의 기회인 셈이다.

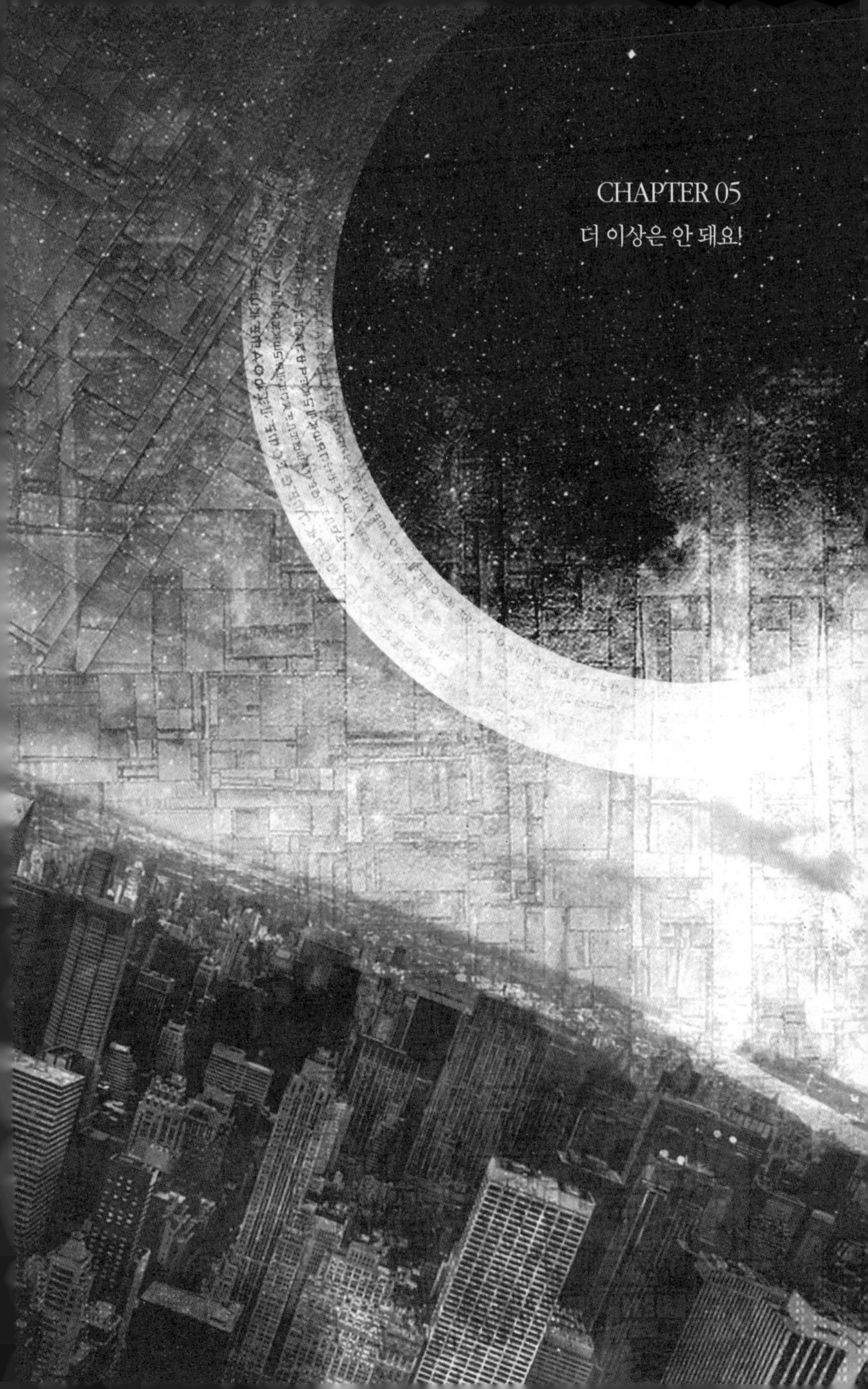

CHAPTER 05

더 이상은 안 돼요!

"이실리프 자치령에선 흑마법사와 관련된 자들은 받아들이지 않을 것이니 그리 알도록!"

"지당하신 말씀입니다. 사람 가려서 데려가겠습니다."

"좋아, 이제 가게."

"네, 감사합니다, 마탑주님!"

테피라를 비롯한 모든 기사와 병사들이 깊숙이 허리를 숙여 절을 한다. 이때 현수의 입술이 달싹인다.

"텔레포트!"

샤르르르릉—!

현수 또한 사라졌다.

"흐와아~!"

"휴우우~!"

모두들 긴 한숨을 쉰다. 죽음의 구렁텅이에 빠져 있다 살아 나온 것이 믿기지 않는다는 듯 고개를 설레설레 흔든다.

같은 시각, 제법 먼 곳까지 도주했던 몬스터들 사이에선 피와 살점이 난무하는 살육 경쟁이 벌어지고 있다.

제니스와 라세안, 그리고 현수가 사라지자 억눌렸던 흉성과 본능이 되살아난 까닭이다.

하여 오거와 트롤, 그리고 드레이크 같은 중상위 몬스터들이 오크와 고블린 같은 하위 몬스터들을 무차별적으로 잡아먹는 중이다.

그러거나 말거나 브론테 왕국군은 슬그머니 전장을 이탈했다. 한시바삐 영지로 돌아가 가족들을 데리고 테리안 왕국으로 넘어가야 하기 때문이다.

* * *

"어머! 흐흑! 자기야!"

"오랜만이지? 잘 있었어?"

"흐흑! 너무해요. 아무리 바빠도 그렇지……."

카이로시아가 달려들자 현수는 두 팔을 벌려 교구를 받아 안았다. 이곳 시간으로 벌써 두 달 가까이 흘렀다.

그동안 연락 한 번 없었으니 이럴 만도 하다.

현수는 말없이 흐느끼는 로시아의 등을 토닥였다.

"이제 다시는 안 놔줄 거예요."

말을 하며 현수의 허리를 감싼 손에 힘을 준다.

"자긴 정말 못됐어요. 흐흑! 그동안 어떤 일이 있었는지 알기나 해요? 흐흐흑!"

하마터면 어쌔신에게 순결을 잃고, 목숨까지 빼앗길 뻔한 일이 떠올랐는지 로시아의 몸이 벌벌 떨리기 시작한다.

"미안해. 내가 좀 많이 바빠서……. 그런데 왜? 무슨 안 좋은 일이라도 있었어?"

말을 하며 부드럽게 등을 쓰다듬었다. 마음의 안정을 찾으라는 의미이다.

"자기 없는 동안 죽을 뻔했어요. 어떤 어쌔신이 와서……."

잠시 그날의 일을 이야기했다. 현수는 대거에 마법을 인챈트해 주길 잘했다는 생각을 하며 빙그레 웃었다.

"그래서 준 거잖아. 아무튼 다행이네. 그 녀석이 임무를 다해서. 안 그래?"

"치이! 자기는 내가 죽을 뻔했다는데도 그렇게 웃음이 나와요? 그날 얼마나 무서웠는데……. 자기야도 못 보고 죽으면 어떻게 하나, 첫날밤도 못 치렀는데 그놈에게 당하면 어떻게 하나 해서 벌벌 떨었단 말이에요."

카이로시아가 입술을 삐죽이며 짐짓 앙탈을 부린다.

"미안해. 하지만 나도 되게 바빠서 못 온 거야."

"치이, 여자들 후리러 다니느라 바빴던 거죠?"

"……!"

로시아의 말에 현수가 움찔하자 뭔가 짚이는 게 있는지 눈을 동그랗게 뜬다.

"말해봐요. 진짜 여자들 후리러 다니느라 여기 안 온 거예요? 그런 거예요?"

"그, 그게 말이야……."

현수가 말꼬리를 흐리자 로시아가 토라진 표정을 짓는다.

"치이, 나하고 로잘린은 그런 줄도 모르고 자기 오기만을 목이 빠져라 기다렸는데. 너무해요! 엉엉!"

굵은 눈물방울이 줄지어 흘러내리기 시작한다.

"로, 로시아! 그, 그게 말이야."

"몰라요, 몰라! 나빴어, 정말! 흐흐흑! 흐흐흐흑!"

"끄응!"

심하게 도리질하며 눈물을 흘리는데 말릴 재간이 없다.

"슬럽!"

"치사하게… 하으음!"

뭐라 말을 하려던 로시아가 스르르 쓰러지며 잠든다.

"이런 제길! 뭐라 말하지? 잠깐 생각 좀 정리해 보자. 생각을 정리해."

현수는 눈물 젖은 얼굴로 잠든 카이로시아를 보면서 고심했다.

오로지 자신만 사랑해 주는 여인의 가슴에 못을 박는 말을 해야 하는데 가급적이면 덜 아프게 해주고 싶은 것이다.

"으아! 뭐라 말하지? 뭐라 말을 해? 미치겠네. 끄응!"

아무리 생각을 쥐어짜도 마땅한 말이 떠오르질 않는다. 그렇게 잠시의 시간이 흘렀다.

"어휴~! 모르겠다. 그냥 솔직하게 말하자."

뾰족한 수가 없었기에 나직한 한숨을 쉬었다.

"어웨이크!"

"끄으응! 아함! 응? 내가 잠들었어요? 자기야, 근데……? 아, 맞다. 자기 진짜 여자 후리러 다닌 거예요?"

"로시아, 내가 바빠서 여길 못 왔다고 했잖아? 그건……."

현수는 카이엔 제국에서 일루신을 만나게 된 이야기부터 시작했다. 라이셔 제국에선 로이어 영지와 하켄 공작령 간의 영지전에 대한 이야기도 했다.

로시아는 긴박감을 느끼는지 계속 침을 삼키며 '그래서요?

그래서요?' 를 반복했다.

하켄 공작이 자신을 아들의 첩으로 달라는 요구를 했다는 말엔 살짝 눈을 부라린다.

'어디서 감히!' 라는 표정이다.

하켄 공작군이 벌인 온갖 나쁜 짓엔 아미를 찌푸린다.

얼마나 많은 사람이 목숨을 잃었으며, 여자들이 당한 고통은 어떠했을지 짐작 간다는 표정이다.

현수가 하켄 공작을 맞아 그와 그의 둘째아들의 목숨을 거뒀다는 말을 듣고는 벌떡 일어나 끌어안는다.

"그래서요? 그 다음엔요? 아빠는 만나보셨어요?"

"그랬지! 장인어른을 만나서는……."

현수의 말이 또 이어졌다. 에델만 백작과 큰오빠인 에머럴을 만난 이야기가 이어졌다.

"그래서 이렇게 말했지. 말 나온 김에 백작님, 아니, 아버님께 정식으로 청혼의 말씀을 드립니다. 카이로시아를 저의 처로 맞아들이고 싶습니다. 따님을 주십시오."

"그랬더니요?"

아버지의 반응이 궁금하다는 듯 침을 꿀꺽 삼킨다.

"금방 대답하진 않으셨지. 그래서 '카이로시아는 저의 정실부인이 될 겁니다' 라고 말씀드렸어. 그랬더니……."

"그, 그랬더니요?"

" '당연히 허락하네' 라고 말씀하셨어."

"저, 정말요?"

카이로시아의 두 볼이 붉게 상기된다. 사랑하는 하인스 백작과의 혼인이 허락되었기 때문이다.

"그래. 로시아는 이제 명실상부한 내 여자야. 내 정실부인이 되는 거지. 사랑해!"

말을 마치고 팔을 벌리자 스르르 안겨온다.

둘의 입술이 가까워지자 로시아의 별빛이 사라진다. 그와 동시에 속눈썹이 가늘게 떨리고 있다.

"으읍!"

한동안 두 입술이 붙어 있었다. 그 사이로 무엇이 오갔는지는 본인만이 알 일이다.

"아아! 자기야… 사랑해요!"

길고 긴 입맞춤이 끝나자 로시아가 현수의 품으로 파고든다.

"나도!"

잠시 아무런 말 없이 서로의 체온을 느꼈다.

"그리고 나선 어떻게 되었어요?"

다시 현수의 말이 이어진다.

"참, 그전에 라이셔 제국의 황궁에 갔는데……."

황궁에서 세피아 황녀와의 드잡이에 관한 이야기를 하자 잔뜩 긴장한 표정이다.

황녀가 현수와 엮였다면 정실부인 자리는 양보해야 한다.

황국의 신민으로서 그건 당연한 일이다. 하여 혹시라도 황녀가 연적이 된 것은 아닌가 하여 한참을 귀 기울인다.

다행히 별일 아닌 것으로 끝나는 듯하자 그제야 곧게 세웠던 등에서 힘을 뺀다.

"그래서요?"

"그래서 장인어른은 공작으로 승작하셨지. 하켄 공작은 하켄 백작으로 강작되었고."

"아빠가 공작이 되셨다고요?"

로시아의 눈이 엄청나게 커진다. 백작과 공작은 하늘과 땅 차이이기 때문이다.

"그래! 황제는 하켄 백작령 영지의 3분지 2를 로이어 공작령에 편입시켰어. 명실상부한 공작령이 된 거지. 그리고 에머럴 형님에겐 별도의 백작위가 내려졌어."

"아아! 자기야!"

로시아는 현수의 입술에 먼저 뽀뽀를 한다. 너무나 고마워서이다. 이를 어찌 거부하겠는가!

둘은 또 한참 동안 말없는 대화를 나눴다.

"아무튼 영지의 일이 끝난 뒤 이나시오를 데리고 수도로 갔어. 그런데……."

이번엔 아카데미에서 있었던 이야길 했다.

20m쯤 되는 검강을 뽑아냈다는 소리에 눈물까지 찔끔거리며 웃는다.

그걸 눈앞에서 보고 있었을 헤이글이 불쌍하다고 한다.

아울러 이냐시오에게 골탕 먹이던 여덟 악동은 어찌 되었느냐고 물었다.

그들은 현재 영지 개발 공사에 참여 중이다.

카엘과 대니얼 등 사내 녀석들은 말단 인부로 작업하고 있다. 피아렌 백작의 둘째딸과 요세핀 자작의 장녀는 주방 일을 하는 중이다.

노동 강도가 엄청 세서 저절로 곡소리가 나는 중이다.

이 경험은 이들의 미래에 아주 중요한 영향을 끼치게 된다. 영지민이 어떤 생활을 하는지 너무도 처절하게 경험하기에 늙어 죽을 때까지 잊지 못하기 때문이다.

그 덕에 이들이 영주인 영지는 타 영지에 비해 살기 편한 곳이 된다. 일을 하면서 깨닫는 바가 있기 때문이다.

이실리프 자치령 이야기가 나오자 눈빛을 반짝인다. 늙어 죽을 때까지 지낼 곳에 관한 이야기이기 때문이다.

현수는 가이아 여신의 신전에서 신탁 받은 이야길 했다.

그곳에 왜 갔느냐는 물음에 이실리프 자치령에서 사용할 종자를 얻으러 갔다고 둘러댔다.

"그때 여신의 음성이 들렸는데, '너는 내가 간택한 내 딸의 배우자! 선택받은 인간이여! 누릴 수 있는 모든 복락을 누리며 살지니 내 딸을 잘 보살펴 내 뜻이 세상에 널리 퍼지도록 하라. 나의 뜻에 따를 때 네 세상에도 나의 힘이 미치리라' 라고 말씀하셨어."

"여신께서 친히요?"

"그래. 그때 빛의 기둥이 내게 쏘아져 왔어. 그래서 신성력을 쓸 수 있게 되었어. 볼래?"

말을 마친 현수는 창가에 놓인 화분으로 다가갔다.

카이로시아의 집무실엔 항온마법진이 설치되어 있다. 하여 한겨울임에도 향기 좋은 꽃이 피어 있다.

지구로 치면 튤립과 유사한 붉고 노란 꽃이다.

"가이아 여신의 축복을 네게 베푸노라!"

현수가 손을 뻗자 손끝으로부터 황금빛 찬란한 빛줄기가 화분의 흙속으로 스며든다.

잠시 후, 약간은 시들어 있던 이름 모를 꽃이 천천히 만개하기 시작한다. 아울러 진한 향기를 뿜는다.

심신이 상쾌해지는 향이다.

'어라, 이 향은……?'

처음 보는 꽃이다. 그런데 언젠가 맡았던 향기이다.

기억을 더듬어보니 가이아 여신의 신전에서 신관이 빙빙 돌렸던 향로에서 나던 냄새와 아주 비슷하다.

바닐라 향 + 페퍼민트 향으로 느껴진다.

'흐으음! 향내 한번 끝내주는군.'

이런 생각을 하고 있을 때 시들었던 꽃은 생생함을 되찾고 있다. 누가 봐도 최고의 생육 상태로 보인다.

"세상에! 다 시들어서 내다 버리려 했는데."

카이로시아가 감탄 어린 눈빛으로 바라보고 있다. 믿을 수 없는 현상 때문이다.

"가이아 여신의 신성력이라고 했죠? 정말 대단해요."

"그래. 이게 여신의 뜻을 받아들인 결과야."

"그럼 성녀님이 셋째가 되는 건가요?"

"…고마워, 로시아."

"고맙기는요. 여신께서 친히 간택하신 건데 제가 어찌……. 앞으로 잘 지낼게요. 그런데 성녀님의 이름은 뭐예요? 혹시 스테이시 아르웬님인가요?"

"어라? 성녀 이름을 어떻게 알아?"

"당연히 알죠. 라이셔 제국 최고 미녀인데요."

"……!"

로시아는 진심으로 받아들인다는 표정이다. 하긴 여신이 직접 점지했다는데 어찌 뭐라 할 수 있겠는가!

현수는 문득 미안한 기분이 들었다.

실제로 일어난 일이지만 전해놓고 나니 신이 인정했으니

너도 당연히 인정해라 하는 꼴이 되어버린 때문이다.

속담에 시앗을 보면 길가의 돌부처도 돌아앉는다는 말이 있다. 남편이 첩을 얻으면 부처같이 점잖고 인자하던 부인도 시기하고 증오하게 됨을 이르는 말이다.

로시아라 하여 어찌 자신의 사랑을 독차지하고 싶지 않겠는가! 로잘린을 받아들일 때에도 선선했다.

오늘은 성녀 또한 너무도 기꺼이 인정하고 있다. 그런데 케이트와 다프네까지 이야기해야 한다.

한꺼번에 이야기하지 않고 뜸을 들이면 받아들이기야 하겠지만 심한 배신감을 느낄 수도 있다.

"로시아, 바세른 산맥 아래쪽 테리안 왕국 안에 이실리프 자치령에선 말이야. 지금……."

또 현수의 말이 이어졌다. 이실리프 자치령이 완성되면 그곳에서 평생을 지내게 될 것이다.

당연히 이레나 상단 테세린 지부를 떠나게 된다.

물론 이실리프 지부장 직을 맡게 될 것이다. 현수의 아공간에 담긴 온갖 신기한 물건들을 독점하기 위함이다.

"거긴 언제 완공돼요? 아아! 빨리 가보고 싶어요."

이 말은 하루라도 빨리 같이 살고 싶다는 뜻이다.

"공사는 순조롭게 진행되는 중인데 문제가 생겼어. 하필이면 그곳이……."

드래곤 로드와의 영토 분쟁 상태를 설명했다.

당연히 당황하고 겁먹은 표정이다. 드래곤이 얼마나 이기적인지를 잘 알기 때문이다.

"그래서 골드 드래곤 제니스케리안과 레드 드래곤 라이세뮤리안이 중재를 나서기로 했는데 조건이 있대."

"네에? 조건이요?"

드래곤이 인간의 부탁을 들어준다는 것도 믿을 수 없는데, 거꾸로 조건을 걸었다는 말에 눈이 동그랗게 변한다.

"응! 둘은 드래곤 로드와의 분쟁 조정뿐만 아니라 향후 이 실리프 자치령을 수호하겠다고 해. 근데……."

잠시 말을 끊자 어서 이야기하라는 듯 다가앉는다.

"근데 뭐요? 혹시 막대한 금은보화를 내놓으라고 해요?"

드래곤들이 천성적으로 반짝이는 것을 좋아한다는 것을 알기에 묻는 말이다.

"아니."

"그럼 신검 같은 병장기를 요구했어요?"

로시아의 표정이 약간 어둡다. 희대의 명검은 구하기도 어려울뿐더러 값도 막대하기 때문이다.

"그것도 아냐."

"그럼요? 혹시……."

로시아가 말끝을 흐린다. 드래곤이 어떤지 들은 바 있기 때문이다. 하지만 그 시간은 길지 않았다.

"혹시… 미녀를 대령하래요?"

로시아의 낯빛이 다소 창백해진다.

절세미녀를 내놓으라는 요구라면 어찌하나 싶은 것이다.

그건 자기들이 살기 위해 남을 사지로 몰아넣는 일이 되기 때문이다.

"만일 그거라면 영지를 옮기는 건 어때요? 로이어 영지가 넓어지니까 그중 일부를 달라고 할게요."

공작령 중 일부를 달라고 하면 기꺼이 줄 거라는 생각이다. 현수는 사위이기 이전에 이실리프 마탑주이기 때문이다.

"아니, 영지를 옮길 수는 없어. 근처에 이실리프 마탑이 있기 때문이야."

"아……!"

로시아는 나직한 탄성을 낸다. 이실리프 마탑을 통째로 옮길 수는 없기 때문이다.

"그럼 어쩌죠? 뭘 해달라고 하는데요?"

감당할 수 없는 일만 아니길 바라는 마음이 되었다.

"제니스케리안과 라이세뮤리안은 나더러 케이트와 다프네를 아내로 맞이하래."

"네……? 뭐라고요?"

드래곤이 인간에게 할 요구라 하기엔 몹시 이상하다. 하여 순간적으로 뇌 기능이 꼬인 듯 멍한 표정이다.

"나더러 케이트와 다프테를 아내로 맞이하라는 거야."

"혹시… 그 사람들 알아요?"

"알기는 해. 케이트는 미판테 왕국에서 현자라 부르는 아르가니 에이런 판 포인테스 후작의 손녀야."

"그녀를 어떻게 알아요?"

"그곳을 지나치던 길에 잠시 본 적이 있어. 다프네는 라수스 협곡에 있는 혼돈의 숲을 안내해 줬던 길잡이이고."

"그럼 드래곤이 아니고 인간이라는 말이지요?"

"그래. 둘 다 인간인 건 확실해."

"그런데 왜 그들 둘을 자기더러 책임지래요?"

로시아는 심히 의아하다는 표정이다.

"케이트는 제니스의 제자야. 내가 그녀를 아내로 맞이하면 제니스는 반쯤 장모가 되는 셈이야."

"반쯤 장모요?"

"그래. 그러면 내가 함부로 대할 수 없게 되지."

"자기가 위대한 존재를 함부로 대해요?"

로시아가 또 갸웃거린다.

인간이 어찌 중간계의 조율자이며, 마법의 조종이며, 위대한 존재인 드래곤을 함부로 대한단 말인가!

상식적으로 말도 안 되는 이야기이다. 그렇기에 대체 어찌 된 영문이냐는 표정이다.

"사실 전에 제니스케리안과 한판 붙은 적이 있어."

"네에? 드래곤과 싸웠다고요?"

"그래."

"어머! 왜, 왜요?"

"말하자면 조금 긴데, 전에……."

카트린느를 만난 것부터 시작하여 실종 사건까지 이야기했다. 그녀를 구하기 위해 제니스와 다섯 시간에 걸친 혈투가 있었다는 이야기를 듣고는 몹시 놀란 표정이다.

"그, 그래서요?"

"내가 이겼지. 그게 몹시 억울했나 봐. 그래서 나한테 대접받으려고 케이트를 아내로 맞이하라고 요구한 것 같아."

"세상에 맙소사……!"

로시아는 화들짝 놀라지 않을 수 없었다.

인간이 드래곤과 일대일로 붙어서 이겼다고 한다. 상상도 할 수 없는 일이다.

"아무튼 제니스케리안은 그런 의미에서 케이트를 아내로 맞이하라는 것 같아."

"그럼 다프네라는 아가씨는요? 그녀는 라이세뮤리안님의 제자인가요?"

"아니. 그런 것 같지는 않아. 나도 그 친구가 왜 그런 요구를 했는지 모르겠어."

"네? 친구요? 라이세뮤리안님이 친구라고요?"

"응. 나하고 친구하기로 했어."

"헐!"

드래곤과 싸워서 이겼다고 하고, 다른 드래곤과는 친구 먹었다는 말이 허무맹랑하게 들린다.

그렇기에 저도 모르게 탄성을 냈다.

"다프네는 라이세뮤리안이 다스리는 라수스 협곡 안에 있는 여자들만 사는 마을 주민인데…… 아! 혹시……."

"왜요? 뭐 짚이는 게 있어요?"

"아무래도 라이세뮤리안의 딸 같아."

"네? 그, 그럼 드래고니안인 건가요?"

"아마도. 근데 전혀 그런 걸 못 느꼈는데. 아, 그럼……."

현수는 고개를 갸웃거리던 중 유전에 대한 생각을 했다. 부모로부터 형질을 물려받을 때 꼭 반반씩 받는 것은 아니다. 어느 한쪽으로 심하게 치우칠 수도 있다.

다프네는 인간 쪽 형질이 훨씬 강한 자손인 듯싶다.

"왜요?"

"생각해 보니 다프네가 라이세뮤리안의 딸이 분명한 거 같아. 그 친구도 날 대할 때 약간 껄끄러워하거든."

"왜요?"

"그거야 내가 너무 세서 그렇지. 그래서 안전장치로 딸을 안기려는 것 같아."

"헐!"

로시아는 할 말을 잃었다는 표정으로 바라본다.

너무도 태연스레 자신이 강하다 하니 어이가 없는 것이다. 그러다 논점을 벗어났다는 것을 깨달았는지 묻는다.

"아무튼 케이트와 다프네 모두 받아들이실 건가요?"

"그게 말이야……."

잠시 말을 잇지 못하자 카이로시아가 고개를 끄덕이며 다시 묻는다.

"받아들이세요. 드래곤 로드와 싸울 수는 없잖아요. 제니스케리안님과 싸워서 이기긴 했지만 로드는 더 강하잖아요."

로시아는 심히 우려된다는 표정이다.

"그래서 대답은 그렇게 했어. 영지 개발이 한창이라."

"잘하셨어요."

"미안해, 로시아."

현수는 진심을 담아 사과했다.

"솔직히 섭섭해요. 하지만 어쩌겠어요. 자기가 워낙 잘난 사람이라 그러는걸."

"……!"

"맏언니 노릇 잘해볼게요. 제가 제대로 하지 못하거든 언제든지 말해주세요."

로시아는 생각을 정리했다는 듯 굳은 표정이다.

"고마워. 잘할게. 이리 와."

로시아의 교구를 끌어당겨 강하게 안아주었다.

"아무튼 이렇게 자기랑 있으니까 좋아요. 이제 날 떨어뜨려 놓지 않을 거죠?"

"그래. 가급적이면 그럴게. 고마워. 그리고 사랑해."

현수는 로시아의 교구를 더 힘 있게 안아주었다.

"로잘린에게도 말은 해야지?"

"네, 그럼요. 참, 로니안 자작님 후작으로 승작하셔요."

"후작?"

미판테 왕국엔 로잘린이 이실리프 마탑주의 부인이 된다는 소문이 번졌다.

두 달쯤 전 테세린은 케일론 영지의 영주 칼멘 후작의 공격을 받을 뻔했다. 그때 현수가 남긴 편지가 있었다.

테세린의 영토를 침범하면 케일론 성은 지도에서 지워질 것이다. 믿고 못 믿는 것은 네놈의 판단에 맡기노라.

— 이실리프 제2대 마탑주 하인스 멀린 킴 드 셰울.

추신) 엘리사에게 200골드를 내리도록 하라.

아울러 그 일가가 테세린으로 이주하도록 조치하라.

황급히 도주한 칼멘 후작은 느닷없는 마탑주의 등장 이유를 캤다. 사실을 알아야 사죄를 하던 다시 도모하던 할 것이기 때문이다. 그때 케일론 영지에서 파견한 세작은 다음과 같이 보고했다.

CHAPTER 06
매지션 로드라 부르지 말라

초초특급 보고!

로니안 자작의 여식 로잘린과 이실리프 마탑주님 간의 혼인이 예정되어 있습니다.

절대로 군사를 일으켜서는 안 됩니다.

테세린에 한 발짝이라도 발을 들이면 케일론은 끝입니다.

보고서를 읽은 칼멘 후작은 목이 서늘해짐을 느꼈다.

이후 가신들을 불러놓고 향후 테세린에 대해서는 어떠한 도발도 건의하거나, 행하지 말 것을 명했다.

그리고 즉각 왕실에 연락했다. 이실리프 마탑주가 로니안 자작의 사위가 됨을 알린 것이다.

소식을 접한 왕실에선 곧바로 갑론을박이 벌어졌다.

미판테 왕국엔 이실리프 마탑주가 남긴 분명한 흔적이 있다. 케발로 영지에서 시전된 헬파이어가 그것이다.

흔적만으로도 얼마나 무시무시했는지 짐작될 정도이다. 헬 파이어가 직격된 곳의 땅은 유리질로 변해 있다.

초고열로 녹아버린 것이다. 이런 것이 기사단이나 병사들에게 퍼부어질 경우를 생각해 보면 끔찍하다.

할 수만 있다면 당연히 포용 1순위이다.

아드리안 공국을 침범했던 전과가 있기에 전전긍긍하던 차이기 때문이다.

그런데 자국 자작의 사위가 된다고 한다.

테세린 영지는 유카리안 영지와의 영지전에서 승리하였기에 백작으로 승작시키는 논의는 이미 끝난 상태이다.

명실상부한 변경백이 되는 것이다.

그런데 이실리프 마탑을 품에 안을 수 있는 절호의 기회가 왔다. 하여 논의 끝에 백작이 아닌 후작으로 한 계급 더 승차시키는 것으로 결론지어졌다.

그리곤 로니안 자작 일가를 수도로 불러들였다.

자작은 후작위를 받게 되고, 세실리아는 왕후와 돈독한 시간을 보내게 될 것이다.

이실리프 마탑주라는 용을 품게 된 로잘린에겐 당연히 최상의 서비스가 부여될 것이다. 최고급 의복은 물론이고 최고급 장신구와 최고급 화장품 등으로 치장될 것이다.

미판테 왕국의 공주조차 부러워할 정도가 될 예정이다.

하여 로니안 자작과 세실리아 부인, 그리고 로잘린은 현재 미판테 왕국의 수도로 향하는 중이다. 모든 귀족이 보는 앞에서 승작식을 거행하겠다며 불러들인 때문이다.

"네, 후작이요. 한꺼번에 두 계급이나 승작하신 거죠."

"고작 후작이라고?"

제국인 라이셔에서도 에델만 백작을 공작으로 두 계급 승차시켰다. 고작 왕국인 미판테에서 후작으로 때우려 한다는 생각을 했기에 물은 말이다.

"어머! 고작이라니요? 후작이에요, 후작! 공작 바로 아래요. 어머, 그러고 보니……."

로시아가 말끝을 흐린다. 해놓고 보니 뭔가 이상해서이다. 제국보다도 못한 대우를 한다고 생각한 것이다.

"뭐 이 나라에서 그렇게 한다니 내가 간여할 일을 아니지. 그나저나 라수스 협곡 때문에 수도로 가는 게 몹시 힘들 텐데 어떻게 가고 있지?"

남쪽으로 한참을 내려가 라수스 협곡이 끝나는 지점에 당도하면 다시 북쪽으로 올라가야 한다. 그러려면 엄청나게 먼 거리를 가야 한다.

아무런 사고가 없어도 최소 몇 달은 걸릴 여정이다.

"배를 타고 가셨어요."

"배? 바벨 강엔 엘리터가 우글거리잖아?"

테리안 왕국에서 미판테 왕궁으로 건너올 때 직접 경험한 바 있기에 한 말이다.

"그래요. 그래서 세 척씩 묶어서 타고 갔어요. 그러면 배가 뒤집힐 일은 없으니까요."

무슨 뜻인지 확실히 알아들었다. 하지만 걱정되는 건 여전하다. 엘리터가 얼마나 흉포한지 잘 알기 때문이다.

"그래? 그래도 놈들이 워낙 많잖아. 특히 밤에는……."

엘리터 역시 다른 몬스터들과 마찬가지로 야행성이다. 따라서 한밤중에 배 위로 기어오를 수 있다.

웬만한 도검으론 상처조차 입히지 못할 놈이니 그럴 경우 상당히 위험하다.

"네. 근데 크게 걱정 안 하셔도 될 거예요. 배는 매일 저녁마다 항구에 정박하니까요."

로니안 자작은 승작하러 가는 중이다. 그렇기에 배를 타고 남하하는 동안 거의 모든 영지를 방문할 계획이다.

로니안 자작이 이런 결정을 내린 이유는 불편한 잠자리 때문이기도 하지만 훗날을 위함이다.

후작위를 받게 되면 중앙에서 국정에 관여하게 될 수도 있다. 그때 우호적인 반응을 얻기 위한 조치이다.

지금까지는 오로지 테세린의 보존과 개발에만 신경 썼지만 앞으론 그럴 수 없다.

이실리프 마탑주가 사위가 되면 수많은 방문객을 맞이하게 될 것이다. 물론 어느 누구도 악감정을 가지진 못한다.

자칫 이실리프 마탑과 척지는 일이 될 수도 있기 때문이다. 따라서 어디에서 내리든 상당히 융숭한 대접을 받게 될 것이다.

"그래서 지금 어디까지 가셨는데?"

"미판테 왕국 최남단까지 갔을 거예요. 내일부터는 쿠르스 왕국이라 배에서 쉬셔야 할 거구요."

"엘리터는 바다에서도 사나?"

"아뇨. 짠물에서는 못 사는 걸로 알려져 있어요. 그러니 하루나 이틀만 잘 견디면 괜찮아지실 거예요."

"흐음, 바다로 나간다는 말이지?"

로시아의 고개가 크게 끄덕여진다.

"네. 다음엔 쿠르스 왕국 남쪽을 빙 둘러서 헬크란까지 가죠. 거기부터는 육로로 북상해서 수도까지 갈 거예요."

"안전해?"

"그럼요. 항구마다 내려서 쉬실 거니까요. 먼 바다까지 나가지 않으니 괜찮으실 거예요."

현수로부터 우려의 빛을 읽은 로시아가 배시시 웃는다.

로잘린과 그 부모를 챙기는 모습에서 현수가 처가 쪽에 얼마나 신경 쓰는지를 알 수 있었기 때문이다.

"오늘은 여기서 쉬실 거죠?"

"물론이야. 그전에 이실리프 자치령에 다녀오자."

"네? 아, 알았어요. 잠시만요."

"어라? 이 아름다운 아가씨는 누구신가?"

나이즐 빌모아의 눈이 커져 있다. 성녀 못지않은 절세미녀가 현수의 곁에 찰싹 달라붙어 있기 때문이다.

"제 정실부인입니다. 앞으로 저곳에서 살 여인이죠."

현수가 가리킨 곳은 한옥 단지이다.

"정실부인? 허어, 대단한 능력이네. 부럽군, 부러워!"

나이즐 빌모아는 성녀만으로도 이미 대단한 능력이라 여겼다. 세상엔 여러 신이 있으니 성녀 또한 여럿이 있을 것이다. 스테이시의 미모는 그중에서도 발군이라 생각했다.

가히 여신급 미모이기 때문이다. 그런 성녀를 차지한 것으로도 모자라 그에 필적할 만한 미녀를 데리고 왔다. 그렇기에 고개를 설레설레 흔든다.

"로시아, 이 도시의 명칭은 카로스케다라고 지을 예정이야. 어때? 괜찮은 이름이지?"

"카로스케다요? 괜찮은 게 아니라 조금 괴상한데요? 그거 무슨 뜻이 있는 거예요?"

"당연히 있지. 카이로시아, 로잘린, 스테이시, 케이트, 그리고 다프네의 첫 글자를 딴 거야."

"…고맙긴 해요."

카이로시아는 자신을 첫 번째에 놓은 것에 기분이 좋았다. 하여 배시시 웃는 얼굴이다.

"하지만 너무 괴상해요. 도시 명칭이 다섯 음절이나 되는 건 없잖아요. 그러니 그냥 자기야 하고 관련 있는 세울이나 코리아라고 하는 건 어때요?"

"그게 괴상한 건가? 흐음, 그럼… 코리아가 낫겠다."

서울이라는 발음이 이곳 사람들에겐 어렵기에 발음하기 쉽도록 고른 것이다.

"코리아, 좋네요! 구경시켜 주실 거죠?"

"그럼! 자, 그럼 가볼까?"

"호호! 네에."

카이로시아가 팔짱을 끼자 곧바로 출발했다.

가장 먼저 보여준 것은 바실리이다. 태블릿PC를 꺼내 모스크바에 지어진 것을 보여주니 눈이 커진다.

상행을 다니며 많은 것을 보고 들었지만 바실리 대성당처럼 색깔 고운 건축물은 본 적이 없기 때문이다.

"자, 다음은 한옥이라는 거야. 여기엔 이런 건축물이 이런 식으로 지어지지."

이번에 보여준 화면은 종로구 와룡동에 있는 창덕궁과 원림(園林)이다.

원림은 조선시대 때 임금이 소풍을 즐기고 산책하던 후원이다. 북원(北苑), 금원(禁苑), 후원(後苑) 등의 이름으로 불렀다. 일제강점기 때엔 비원(秘苑)으로 불리기도 했다.

돈화문으로부터 시작하여 인정전, 대조전, 성정각, 희정당, 낙선재, 영화당, 승재정 등을 보여주었다.

다음엔 부용정, 연경당, 주합루, 부용지, 애련지, 관람지 등이다.

가을 단풍이 절정일 때 찍은 사진들이라 색깔이 고와도 너무 고와 로시아는 연신 탄성을 터뜨렸다.

"근데 자기야, 건물마다 왜 이름을 붙이는지는 알겠는데 맨 마지막 글자들이 같은 게 많네요."

"아! 인정전, 대조전, 선정전 이런 거?"

"네, 연경당과 희정당도 끝 글자가 같아요. 특별한 이유라도 있는 건가요?"

로시아는 궁금하다는 듯 눈빛을 빛내고 있다.

"그건 각 건물마다 서열이 있어서 그런 거야. 코리아 제국에선 건물의 중요도에 따라…….”

잠시 현수의 설명이 이어졌다.

조선시대엔 건물에도 위계질서가 있었다.

『전(殿) - 당(堂) - 합(閤) - 각(閣) - 재(齋) - 헌(軒) - 루(樓) - 정(亭)』이 그 순서이다.

이렇듯 건물의 규모와 중요도에 따라 현판의 끝 글자를 달리하여 구분했다.

'전(殿)' 은 임금과 왕비 등 최고 신분을 가진 사람들의 공간이었다. 예를 들어, 인정전은 백성들에게 인자한 정사를 베풀라는 뜻의 정전이다.

대조전은 왕의 다음 대를 생산해 내는 중요한 일을 하던 곳이다. 다시 말해 왕자 생산처이다.

그렇기에 '전' 이 되었다.

희정당의 경우는 국왕이 평상시에 사용하던 거처이다.

이곳에서 하는 일도 중요하지만 신하들과 직접 국정을 펼치는 곳보다 더 중요하다 여겼다.

왕비와 아들을 만들던 대조전과 비교해도 그러하다.

하여 한 단계 낮은 '당' 이 된 것이다.

아무튼 국왕은 전에서 근무하기에 신하들은 그를 높여 '전하(殿下)' 라는 칭호을 사용했다.

그래서 왕세자가 머무는 동궁은 한 등급 낮은 '당(堂)' 이고, 관리들이 실무를 보는 곳도 '당' 이 많다.

이보다 더 등급이 낮은 '합(閤)' 과 '각(閣)' 은 '전' 이나 '당' 의 부속 건물이라고 보면 된다.

합하(閤下)나 각하(閣下)는 전하와 비슷한 의미로 사용되는 어휘로 높은 벼슬아치를 이르는 말이다.

'재(齋)' 와 '헌(軒)' 의 경우는 임금의 가족이나 궁궐에서 일하는 사람들의 주거용에 붙었다.

'재' 는 조용하게 독서나 사색을 하는 데 쓰는 건물이다.

'루(樓)' 와 '정(亭)' 은 휴식을 위해 사용되던 공간이다. 그래서 가장 낮은 등급이 된 것이다.

창덕궁 부용지 인근 건물의 1층은 규장각이다.

왕실의 도서를 보관했다. 2층 열람실은 주합루라 불렸다.

도서를 보관하는 곳과 열람하는 공간에도 위계질서가 있었던 것이다.

전각의 위계에 대한 설명을 마치곤 전체 배치에 관한 이야기를 시작했다.

"한옥 단지에는 로시아를 비롯하여 로잘린과 스테이시, 그리고 케이트와 다프네를 위한 다섯 개의 전각 군이 형성될 거야. 내가 머물게 될 이곳을 중심으로 저쪽이지."

현수는 손을 뻗어 한창 공사 중인 전각의 뒤쪽을 가리켰다.

현재 짓고 있는 건물은 임시로 인정전이라 부른다. 이곳에선 공식적인 업무 및 접견 등이 이루어질 것이다.

평상시엔 편전이라 할 수 있는 선정전에 머물 계획이다. 올라온 기안에 대한 검토 및 결재 업무 등을 위한 공간이다.

밤에는 희정당에 머물며 독서 등을 한다. 이 건물을 중심으로 수라간 및 개인 도서관과 체력 단련실 등이 조성된다.

각각의 명칭은 임시이다. 추후 이곳 사람들이 발음하기 좋은 의미 있는 어휘로 바꿀 예정이다.

물론 명확한 서열이 매겨질 것이다.

현수가 사용하는 건물들의 배후엔 다섯 개의 전각군이 형성된다. 다섯 명의 부인을 위한 거처이다.

각각의 전각엔 메인 건축물 주위로 부속 건물들이 지어진다. 시녀들이 거처할 공간과 창고, 주방 등이다.

다시 이 전각들의 뒤쪽엔 각각의 부인에게서 태어날 아기들을 위한 건축물이 조성되고 있다.

몸과 마음 모두 건강하게 자랄 수 있도록 도서관, 체력 단련실, 마법 연습장, 학습 공간 등도 만들어진다.

이 밖에 기마 연습장도 있다.

현수가 사용할 공간의 앞쪽엔 내의원이 준비될 예정이다.

현수의 다섯 부인은 슈퍼 포션을 복용한 뒤 바디체인지를 하게 될 예정이다.

이렇게 하면 평생토록 질병을 겪지 않게 된다.

새롭게 태어날 아가들에게도 벌보세수에 가까운 특별한 조치가 내려질 것이다.

물론 현수가 할 일이다.

그렇게 하면 아가들 역시 아프지 않고 잘 자라게 될 것이다. 막강한 면역력을 갖게 될 것이기 때문이다.

그렇기에 내의원은 산부인과와 관련된 의술을 익힌 의녀들이 머물 예정이다. 아기를 낳는 과정마저 들어가서 감 놔라 대추 놔라 할 수는 없기 때문이다.

아무튼 각각의 전각군 사이엔 부용지나 애련지 같은 인공 호수가 만들어지며 중앙에는 인공 섬이 조성된다. 배를 타거나 운교를 이용하여 건너갈 수 있도록 할 예정이다.

대부분 목재 건축물이 될 것이기에 화재를 대비하여 울창한 숲은 약간 떨어진 곳부터 시작된다.

대신 건축물 근처엔 아기자기한 정원이 조성된다.

약 10만 평에 달할 한옥 단지는 창덕궁의 담장 못지않은 높은 석성으로 둘러싸이게 된다.

프라이버시 보호를 위한 조처이다.

담장 내부엔 깊숙하고 넓은 해자를 팔 것이다.

혹시 있을지 모를 침입을 차단하는 효과가 있으며, 화재 발생 시 소방수로 쓰기 위함이다. 또한 부용지나 애련지 같은 연못의 물이 순환되도록 하기 위함이기도 하다.

"자, 이제 아카데미가 될 파빌리온을 보러 갈까?"

"파빌리온이요?"

"그래. 다 지어지면 이런 모양이 될 거야."

태블릿 PC로 로열 파빌리온의 모습을 본 로시아가 나직한 탄성을 낸다. 너무도 아름다웠기 때문이다.

"어머! 예뻐요."

"그렇지? 다 지어지면 볼 만할 거야."

"여기가 아카데미로 쓰여요?"

"그래. 마법학부, 기사학부 이외에 정령학부와 행정학부, 그리고 교육학부가 들어설 거야."

"정령학부와 교육학부요?"

"그래. 정령사도 양성하고, 영지민을 교육할 선생님들도 배출해 낼 거야."

로시아의 눈이 동그랗게 변한다.

"영지민을 가르쳐요?"

"그래. 영지민이 똑똑해야 영지가 빨리 발전하거든."

"그럼 영지민 전체에게 글을 가르치겠다는 말씀이세요?"

"결국엔 그렇게 되겠지. 아이가 태어나면 의무적으로 학교라는 곳을 다니도록 할 생각이니까."

이곳에선 초등학교와 중학교 수준의 수업을 할 예정이다.

대륙 공용어와 수학, 그리고 과학이 주요 과목이다.

음악과 미술은 개인의 소질 계발을 위한 과목이고, 도덕과 지리는 보조과목이다.

잠시 현수의 설명을 들은 로시아가 의아하다는 표정이다.

아르센 대륙 어디에도 의무교육이라는 게 없기 때문이다.

하여 잠시 설명해 주었다. 60년 전 코리아 제국은 전쟁 때문에 잿더미였는데 욱일승천하여 최첨단 기술력을 가진 경제 대국이 된 것을 에둘러서 이야기했다.

"우와~! 그게 정말이에요?"

"그래. 그래서 코리아 제국의 문맹률은 1% 미만이야."

"어머! 정말요? 1% 미만이라면 100명 중에 1명 미만이 글을 못 읽는다는 거잖아요."

"그래. 모두가 읽고 쓸 수 있어. 그러니까 그토록 빨리 발전할 수 있었던 거지."

"우와!! 대단해요."

로시아가 감탄사를 터뜨릴 때 현수의 말이 이어졌다.

"나는 우리 이실리프 자치령이 그렇게 되길 바라."

"저도 그랬으면 좋겠어요."

로시아는 진심으로 감탄했다. 아르센 대륙은 문맹률이 99% 이상이다. 100명 중 1명만이 글을 읽고 쓸 수 있다.

귀족 중에도 여자는 문맹인 경우가 많다. 읽고 쓸 수 없어도 살아가는 데 아무런 지장이 없기 때문이다.

"아무튼 아이들을 가르칠 교사가 많이 양성되어야 하니까 나중에라도 관심 가져줘."

"물론이에요. 자주 찾아올게요."

로시아가 흔쾌히 고개를 끄덕인다.

걸음을 옮겨 타지마할 건설 현장에 당도했다.

"여긴 도서관이 될 거야. 대륙의 거의 모든 책을 채워 넣을 생각이야."

"책이요?"

"그래. 누구든 이곳에서 원하는 책을 읽을 수 있도록 개방할 거야. 그러니 이레나 상단을 동원하여 책을 수집해 줘."

"알았어요. 맡겨주세요."

로시아의 고개가 끄덕여진다.

"자, 다음은 우리 가족이 쉬고 싶을 때 찾아갈 별장이야."

"여기서 먼가요?"

별장을 집 근처에 짓는 경우가 없기에 물은 말이다.

"그래. 이리 가까이 와."

"네."

로시아가 다가서자 곧바로 매스 텔레포트를 시전했다.

"여긴……? 우와! 경치가 참 좋아요!"

둘이 나타난 곳을 루드비히라는 명칭을 갖게 될 높은 언덕 위이다. 한쪽으론 너른 호수가 보인다.

물이 깊어 짙은 에메랄느빛이나. 바람에 이는 잔잔한 물결은 은린처럼 반짝이고 있다.

다른 쪽을 둘러보니 울울창창한 이실리프 자치령이 보인다. 멀리 아주 조그맣게 코리아라 불리게 될 자치령의 심장부가 보인다. 꽤 먼 거리이다.

"멋지지?"

"네, 경치가 참 좋아요."

"여긴 우리 가족이 쉬고 싶을 때 와서 마음껏 쉬다 갈 곳이야. 로시아가 마음에 들어하니 다행이네."

"여기에 이렇게 멋진 건물이 들어서는 거예요?"

백조의 성이라고도 불리는 루드비히 성은 19세기 중반 바이에른의 왕 루드비히2세가 지은 것이다.

"다 지어지면 볼 만하겠지?"

현수가 싱긋 웃음 짓자 로시아가 만족스럽다는 듯 어깨에 머리를 기댄다.

"나는 자기하고 이런 데서 오래오래 행복하게 살았으면 좋겠어요."

"그렇게 될 거야. 이실리프 자치령은 풍요롭고 안전한 땅이 되도록 할 테니까."

"네, 자기만 믿어요."

로시아는 행복한 표정으로 현수를 올려다보았다.

비록 독차지하지는 못했지만 세심하며 사려 깊으니 평생 행복하게 해줄 것이라 굳게 믿는다는 눈빛이다.

*　　*　　*

"로드, 곁에 계신 분은 누구신지요?"

영광의 마탑주 스타이발 후작과 테리안 왕국의 스멀던 후작, 미판테 왕국의 로윈 후작 등이 궁금하다는 표정이다.

그의 뒤에는 이실리프 아카데미 원장으로 내정된 토리노 백작과 도서관장이 될 리히스턴 자작 등이 있다.

"인사들 하게. 내 정실부인이 될 카이로시아 에델만 드 로이어일세."

"아! 그렇다면 라이셔 제국의 에델만 공작님의……."

"그러하네."

현수가 고개를 끄덕이자 모두가 정중히 예를 갖춘다. 매지션 로드의 정실부인 자리는 결코 가볍지 않기 때문이다.

"그나저나 호칭을 정정했으면 하네."

"네? 그게 무슨 말씀이신지요?"

스타이발 후작 등이 의아하다는 표정을 짓는다.

"자네들이 나를 지칭할 때 매지션 로드라는 표현을 하네."

"그거야 당연한 것 아닙니까? 로드께선 모든 마법사의 정점에 계신 분이니까요."

대체 무엇이 잘못되었느냐는 표정이다.

"매지션이란 마술사를 지칭하는 말이네. 마법사는 위저드라 부르는 것이 옳지."

"……!"

"마술사는 교묘한 방법으로 눈속임을 하지만 마법사는 마나를 배열하여 신기한 현상이 실제로 일어나게 하지."

"네, 그건 그렇습니다."

아르센 대륙에도 마술사는 있다. 주로 저잣거리에서 눈속임으로 사람들을 현혹시켜 잔돈푼을 버는 사람들이다.

"자네들은 위저드의 진실 된 뜻을 아는가?"

"……!"

단어는 단어일 뿐이다. 아버지를 father라 부르고 어머니를 mother라 부르는 것엔 특별한 뜻이 없다.

대부분의 어휘가 이러하다.

마법사를 뜻하는 wizard 역시 특별하진 않다. 그렇기에 대체 무슨 소리를 하려는 것이냐는 표정이다.

이때 현수의 말이 이어진다.

"위저드는 'We invent zest and recognize discipline'의 이니셜[12)]이 모인 것이라 생각하네."

---

12) 이니셜(Initial) : 주로 알파벳의 표기에서, 낱말이나 문장 혹은 고유 명사의 첫머리에 쓰는 대문자.

"우리는 열정을 발명하고, 수양을 인식한다는 뜻입니까?"

"마법사란 열정을 가지고 늘 자기 수양을 해야 하는 존재라는 뜻이지."

"아! 그렇군요."

위저드에 관한 새로운 해석이기에 모두들 고개를 끄덕인다. 듣고 보니 그럴듯하기 때문이다.

"그런 의미에서 나는 마법사이지 마술사가 아니네."

"암요! 그야 그러하지요."

모두들 순순히 고개를 끄덕인다. 맞는 말이기 때문이다.

"따라서 앞으로는 매지션 로드라는 말보다는 위저드 로드라는 표현을 쓰게. 그게 낫지 않겠는가?"

"듣고 보니 그렇습니다. 로드!"

스타이발 후작 등은 크게 고개를 끄덕인다.

"좋아, 모든 마법사에게 전해 앞으로는 매지션 로드라는 말을 쓰지 않도록 해주게."

"알겠습니다. 로드의 뜻대로 하겠습니다."

스타이발 후작 등이 깊숙이 허리를 숙인다. 매지션 로드보다는 위저드 로드, 또는 더 로드 오브 위저드(The lord of wizard)라는 표현이 적합함을 깨달은 것이다.

"그나저나 토리나 백작."

"네, 로드시여!"

"아카데미 교수진은 구축되었는가? 다 지어지기 전에 선발해 놓아야 할 것이네."

"마법학부와 기사학부 모두 교수진을 구상해 놓았습니다."

"그런가? 내가 아는 인물들인가?"

"네, 여기 계신 스타이발 후작님을 비롯하여 스멀던 후작님과 로윈 후작님 등이 마법학부를 맡겠다고 하셨습니다."

"그래? 후작은 마탑으로 돌아가지 않을 생각인가?"

스타이발 후작은 얼른 허리를 꺾는다. 이곳에 남아 있어야 이실리프 학파의 마법을 배울 수 있음을 알기 때문이다.

"마탑주 자리는 비워도 됩니다. 이곳에 남도록 허락해 주십시오, 로드!"

"본인이 원하면 그리하게."

"감사하옵니다."

스타이발 후작 등은 허락해 주어 고맙다는 듯 깊숙이 허리를 꺾는다.

"그럼 기사학부는?"

"스미스 백작, 가가린 백작, 그리고 전장의 학살자 등이 교수진을 자처했습니다."

스미스와 가가린은 소드 익스퍼트 최상급에 있다. 따라서 교수로서 자격이 충분하다.

"나머지 학부는?"

"정령학부는 맡을 인재가 없습니다. 하여 라이셔 제국 아카데미에 있는 교수를 불러……."

토리나 백작의 말이 이어지려 할 때 누군가 황급한 걸음으로 다가선다.

"마스터, 손님이 오셨습니다. 곧바로 나가 보셔야 할 것 같습니다."

모두의 시선이 쏠린다. 감히 아카데미 원장이 보고하는데 중간에 끼어들었기 때문이다.

"……!"

다소 노기 서린 시선을 받았지만 보고를 한 기사는 태연한 표정이다.

"누가 왔기에 그러는가?"

CHAPTER 07

숲의 요정 아리아나

"그게… 엘프들이 많이 와 있습니다."

"뭐? 엘프들이……?"

엘프라면 편하게 대할 상대가 아니다. 현재 숲을 현저하게 훼손시키고 있는 입장이기 때문이다.

그들이 많이 왔다 함은 적대적인 방문일 수도 있다. 다시 말해 최후통첩을 위한 방문일지도 모른다.

마법사도 많고 기사도 많다. 하지만 이곳은 사방이 숲으로 둘러싸인 곳이다. 적어도 숲에선 엘프들의 기동성이 인간보다 훨씬 낫다.

게다가 엘프들은 원거리 무기를 사용한다.

마법사나 기사가 능력을 보일 수 없는 곳에서 공격만 하고 물러나기를 반복할 수도 있다.

만일 전투 양상이 그러하다면 상당한 피해가 예상된다.

그렇기에 모두의 시선이 현수에게 쏠린다. 토리나 백작의 말이 중간에 끊긴 것 정도는 이제 문제가 아닌 것이다.

"로드, 가보시죠."

"그래야겠군. 자네들은 이곳에 있게."

"알겠습니다."

찍소리 않고 고개를 숙인 마법사들은 재빨리 수하들에게 지시를 내린다. 혹시 있을지 모를 불상사를 대비한 인원 배치를 시작한 것이다.

보고한 자경대원의 뒤를 따라 걸어가니 30여 명으로 이루어진 무리가 보인다. 하나같이 키가 크고 잘생겼다.

뾰족한 귀를 가졌으니 엘프가 분명하다.

현수가 나타나자 긴장된 표정으로 무리의 앞을 가로막고 있던 기사 및 병사들이 일제히 갈라선다.

모두가 젊어 보이지만 선두의 무리는 연륜이 느껴진다.

그중 전에 만났던 후렌지아 토들레아가 보인다. 그녀의 앞에는 다른 이들과 달리 60세가 넘어 보이는 사내가 있다.

풍기는 인상으로만 평가하면 현자 스타일이다.

손에 들고 있는 긴 스태프는 세계수가 내린 성스런 가지를 다듬은 것일 것이다.

아무튼 장로인 후렌지아를 거느리고 있다면 이 사내는 족장 내지는 그에 준하는 신분일 것이다.

"어서 오십시오. 하인스 멀린 킴 드 셰울입니다."

첫인상이 나빠 좋을 일 없기에 정중히 고개를 숙여 예를 갖췄다. 그러자 모든 엘프 역시 정중히 고개를 숙인다.

모두들 말이 없고 선두의 사내만 입을 연다.

"숲의 일족 트렌시아 토들레아입니다."

듣기 좋은 묵직한 저음이다.

"혹시… 족장님이신가요?"

"그러합니다. 토를레아 일족을 이끌고 있지요."

"아! 그렇군요. 일단 안으로… 아닙니다. 아공간 오픈!"

안으로 가봐야 편히 앉아 담소를 나눌 공간이 없다. 하여 아공간에 담긴 컨테이너를 꺼내다.

"죄송합니다. 저쪽은 공사 중인지라 먼지만 풀풀 날립니다. 불편하시겠지만 잠시만 기다려 주십시요."

"그러시죠."

트렌시아 토들레아가 가볍게 고개를 끄덕이자 얼른 공간 확장 마법, 항온 마법 등을 인챈트했다. 아울러 편히 앉아 이야기를 나눌 수 있도록 소파 등을 꺼내 배치했다.

아늑하고 포근한 이미지가 좋기 때문이다.

"자, 안으로 드시지요."

현수의 손짓에 따라 엘프들이 컨테이너 내부로 들어선다.

항온 마법 덕에 실내 온도는 대략 23℃ 정도 된다. 외부 기온이 3℃인지라 확연한 온도 차이를 느끼는 모양이다.

"앉으시죠."

소파를 손짓으로 가리켰다.

가죽으로 된 것도 있지만 일부러 천으로 된 소파를 꺼내놓았다. 반감을 갖지 않도록 배려한 것이다.

"오! 아주 좋습니다."

아무런 기대 없이 소파에 앉은 트렌시아 토들레아가 저도 모르게 감탄사를 터뜨린다.

"우와! 엄청 푹신하네요. 이거 뭐로 만든 거죠? 마른 풀을 집어넣었나요? 아닌데……. 아무리 잘 말린 풀을 넣었더라도 이러진 않을 텐데, 뭐죠?"

후렌지아 토들레아 역시 탄성을 낸다. 현수는 대꾸 대신 빙그레 웃고는 차례대로 자리에 앉도록 손짓했다.

모두가 착석하자 트렌시아 토들레아 앞자리에 앉았다. 기다렸다는 듯 입을 연다.

"하인스님께서 이실리프 마탑의 탑주시라 들었습니다."

"네, 미흡한 제가 2대 마탑주 직을 계승 받았지요."

“저보다 화후가 높으신 듯합니다.”

엘프 족장인 트렌시아 토들레아는 세수 800이 넘었다. 어려서부터 마법을 익혔으며 현재의 화후는 8서클 마스터이다.

9서클을 이루고자 참오를 계속했다면 100년쯤 전에 그럴 만한 계기가 있었다.

하지만 굳이 그럴 필요성을 느끼지 못했다. 하여 현재의 화후에 머물러 있는 것이다.

트렌시아는 현수가 어느 정도인지를 가늠해 보았다. 그런데 확신할 수가 없다.

심장의 마나 링은 달랑 한 개인 것으로 느껴진다. 그런데 너무도 자연스럽게 아공간 마법을 펼쳤다. 1서클이라면 불가능한 일이다. 하여 대놓고 물어본 것이다.

“라수스 협곡의 지배자인 라이세뮤리안의 말에 의하면 10서클 마스터쯤 될 거라고 하더군요.”

“아! 10서클 마스터……!”

엘프 모두 입을 딱 벌린다. 기대 수명이 1,000년이나 되는 엘프의 역사에도 10서클은 존재한 적이 없기 때문이다.

“그리고 라이세뮤리안님이라고요?”

바세른 산맥은 드래곤 로드인 옥시온케리안의 영토이다. 이에 못지않은 거대 협곡 라수스는 라이세뮤리안의 것이다.

성질 급한 레드 일족만 아니었다면 드래곤 로드 직에 오를 뻔한 위대한 존재이다. 그런 드래곤의 이름이 아무렇지도 않게 거론되자 모두들 웬일인가 하는 표정이다.

"줄여서 라세안이라고도 하는데 내 친구입니다."

"헐!"

모두가 입을 딱 벌린다. 드래곤과 친구라는 인간과 대면하고 있기 때문이다.

"그나저나 웬일이십니까?"

"아! 후렌지아로부터 보고를 받았습니다. 아리아니님을 아신다고요."

"네, 만났었지요."

"혹시 그분을 저희에게 인도해 주실 수는 없는지요?"

"네?"

"아니면 저희를 그분에게 데려다 주실 수 있는지요? 그도 아니라면 그분이 계신 곳이라도 알려주십시오."

"…아리아니가 있는 곳은 알려줘도 갈 수 없습니다. 라수스 협곡 안에 있거든요."

"아……!"

엘프들이 일제히 탄식을 터뜨린다. 라수스 협곡은 외부의 어떤 종족도 접근할 수 없는 절대 금지이기 때문이다.

다시 말해 자신들을 데려다 줄 수도 없으며, 위치를 알려준다 해도 찾아갈 수 없는 곳이다.

엘프들의 낯빛이 현저하게 창백해지자 현수가 물었다.

"그런데 아리아니를 왜 보려는지 알 수 있는지요?"

숲의 종족은 은혜를 입으면 그에 몇 배로 되갚음을 알기에 물은 말이다. 이 기회에 도움을 주고 좋은 이웃이 되고 싶은 저의에서 한 말이다.

현수는 오로지 엘프들만 담글 수 있다는 엘프주를 맛본 적이 있다. 라세안과 동행할 때 여러 번 마셔보았다.

날마다 소주와 삼겹살로 배를 채우다 그것도 지겨워 닭 가슴살 샐러드를 만들었을 때 그걸 안주 삼아 마셨다.

아주 독특한 맛이었다. 달콤하면서도 향기로웠고, 목 넘김 또한 매우 부드러워 마시기에 편했다.

라세안의 말에 의하면 몸에 좋은 약초만 골라 빚은 것이라 했다. 그래서인지 숲의 진한 향기가 배어 있는 것 같아 마시면 몸에 좋을 것 같았다.

실제로 엘프주는 공해에 찌든 현대인들의 간에 활력을 줄 수 있다. 다량의 천연 피톤치드가 함유되어 있기 때문이다.

이것은 면역력 증진 효과가 있다.

하여 과음하지만 않으면 나빠진 간 기능을 되살려 줄 약효를 가진 술이 된다. 뿐만 아니라 스트레스 감소, 숙면 유도, 피부질환 해소, 치매 예방 효과까지 있다.

어쨌거나 엘프주를 얻거나 제조 비법을 알고 싶다.

우선은 술맛이 좋아 많이 만들어놓고 좋은 사람들과 나누고 싶음이다. 또 다른 이유는 지구에서 엘프주를 만들어서 팔고 싶은 생각 때문이다.

하루에 한 잔씩 마시면 간이 좋아지는 술이라고 광고하면 매출은 상상을 불허할 것이다.

게다가 술로 인한 가정 폭력이라든지 주폭을 줄이는 효과가 부수적으로 따를 것이니 일석삼조인 셈이다.

하여 청하지도 않은 친절을 베풀려는 것이다.

"현재 세계수에 이상이 생겼습니다. 새로운 가지를 내어야 할 시기가 지났음에도 그럴 조짐을 보이지 않습니다."

"……!"

무슨 소리인지 몰라 눈만 껌벅이자 부연 설명이 이어졌다.

세계수는 1,000년에 한 번 후계가 될 묘목을 내놓는다.

이걸 근처에 옮겨 심으면 본래의 세계수와 같이 성장하다 바통을 이어받는다.

엘프들의 계산에 의하면 올해 초가 새로운 묘목을 내놓는 시기였다. 그런데 감감무소식이다.

세계수가 후계목을 양성치 못하고 시들어 버리는 것은 엘프들에게 있어 재앙이나 다름없다.

그렇기에 노심초사하며 별별 방법을 다 동원했다.

그중엔 드래곤 로드인 옥시온케리안을 찾아가 면담한 것

도 있다. 그때 숲의 요정 아리아니에게 물으면 해결책을 알려 줄 것이라 하였다.

하지만 아리아니가 어디에 있는지는 드래곤 로드인 옥시온케리안조차 알지 못했다. 고모인 켈레모라니를 마지막으로 본 게 1,500년 전이기 때문이다.

골드 드래곤 켈레모라니 라수스 에이페 컨페드리안 브지에텐토가리니안은 일종의 결벽증을 앓았다. 그렇기에 조카들에게도 자신의 레어 위치를 알려주지 않았다.

인사한다며 들르는 것조차 미연에 방지하기 위함이다.

그렇기에 아리아니가 고모와 함께 있다는 것만 알지 어디에 있는지는 모르는 것이다.

어쨌거나 속수무책으로 세월이 흐르면 세계수가 시들어버릴 것이라 생각한 족장은 젊은 엘프들을 세상 밖으로 파견했다.

그중엔 하일라 토들레아 남매도 포함되어 있다.

이번 기회에 인간 세상을 두루 살펴보면서 숲의 요정에 관한 단서도 알아오라는 것이 임무였다.

물론 이들 이외에도 상당수 엘프들이 세상에 파견되어 있는 상태이다.

문제는 파견된 셋이 세상 구경도 제대로 하지 못한 채 인간들의 노예가 되어버린 것이다. 인간도 엘프들처럼 진실 된 마음만 가지고 살 것이라 믿은 것이 잘못의 시작이다.

`우연히 들렀던 주점에서 식사를 하던 중 노예 상인에게 속아 깊은 잠에 빠져들었다. 음식에 '오거의 꿈' 이라는 초강력 수면제를 섞은 것을 몰랐던 것이다.

깊은 잠에서 깨어났을 땐 마나 구속구를 차고 있었다. 체내의 마나를 전혀 쓸 수 없는 마법 기물이다.

한 가지 다행인 것은 여성체인 하일라 토들레아가 작은 목걸이를 하고 있었다는 것이다.

겉보기엔 볼품없는 것이지만 마법이 인챈트되어 본연의 모습을 감춰주는 아티팩트이다. 하여 간신히 추악함을 면할 정도의 추녀로 보였다.

눈과 눈 사이가 기형적으로 멀어 보이고 뻐드렁니인 것으로 인식되었다.

또한 비가 오면 콧구멍으로 빗물이 들어갈까 우려될 정도의 들창코로 보였기에 순결을 잃지 않았던 것이다.

유카리안 영지 지하 감옥에 있던 셋은 현수의 의해 구함을 받았다. 하여 무사히 귀환할 수 있었던 것이다.

이곳 시각으로 지난 4월 18일에 있었던 일이다.

이후 엘프족 전원에겐 귀환 명령이 떨어졌다. 소득도 없는 일에 위험만 가득하다 판단한 것이다.

이후 엘프들은 날마다 세계수 아래에서 기도만 했다. 새로운 후계목을 내려달라는 청원을 신께 바쳤지만 별 소득이 없었다.

그러다 후렌지아로부터 눈이 번쩍 뜨이는 보고를 받았다. 아리아니를 보았다는 인간이 있다는 것이다.

하여 이렇듯 달려온 것이다.

"혹시 아리아니님에게 연락할 방법은 없으신지요?"

"글쎄요? 연락을 하자면 못할 것은 없겠지만……."

일부러 말꼬리를 흐리자 다급한 표정을 짓는다.

"꼭 좀 부탁드립니다. 어떻게 안 되겠습니까?"

세수 800이 넘은 족장이 황급히 고개를 숙인다. 그만큼 마음이 다급한 때문일 것이다.

같은 순간, 뒤쪽에 앉은 후렌지아는 눈빛을 빛내고 있다.

아공간에서 소파 등을 꺼내다 실수로 컴파운드 보우까지 딸려 나왔는데 그걸 눈여겨보고 있는 중이다.

300파운드(136kg)나 되는 장력을 지닌 놈이다. 그렇기에 한눈에 보기에도 범상치 않다는 걸 안 모양이다.

이것의 사거리는 1489.30m이다. 여기에 각종 마법이 인챈트된 결과 현재의 사거리는 약 4,500m짜리가 되었다.

거의 사기 수준이다.

게다가 화살의 비행 속도 또한 비약적으로 향상되었다.

헤이스트가 인챈트되어 있기 때문이다. 따라서 파괴력 또

한 엄청나게 늘어나 있다.

뿐만이 아니다. 촉에 오러를 실으면 웬만한 철검은 그냥 뚫고 들어간다. 검강이나 다름없기 때문이다.

"혹시 저 활을 보여줄 수 있겠습니까?"

"활이요? 아, 이거. 그러시죠."

선선히 활을 건네주자 후렌지아는 기다렸다는 듯 요모조모를 살피더니 시위를 당겨본다.

마음대로 되지 않자 힘을 줘서 당긴다.

여인의 몸인지라 엘프라 하지만 300파운드는 힘에 겨운 듯 바들바들 떨며 시위를 당겼다.

"이이이이잇! 헉!"

피이잉―!

힘에 부쳐 시위를 놓자 날카로운 파공음이 난다.

"한번 줘봐."

곁에 있던 사내 엘프가 활을 받아 시위를 당겨본다. 남자라 할지라도 쉽지 않는 듯 이마에 핏대가 선다.

"이잇! 윽!"

피이이잉―!

너무도 강한 장력에 시위가 손가락 사이를 빠져나가자 이번엔 조금 더 긴 파공음을 내며 원상으로 되돌아간다.

"이 활 누가 쓰는 건가요?"

"이거요? 조금 세죠?"

현수가 피식 미소를 짓자 후렌지아가 설마 하는 표정이다.

"그거 혹시 마탑주님이 쓰시는 건가요?

"안 믿어지죠? 마법사가 활을 쏜다는 게."

"솔직히 그러네요. 근데 정말 그 활을 다루실 수 있어요?"

"물론입니다. 그러니까 가지고 있죠."

현수는 문득 장난기가 돋아 야릇한 웃음을 지어 보였다.

"그럼 한번 쏴보세요."

"쏘는 건 어렵지 않는데 그럼 뭐 줍니까?"

"네?"

대체 무슨 소리냐는 표정을 짓던 후렌지아가 아미를 치켜 올리며 대꾸한다.

"진짜로 그걸 쏘면 엘프주 한 병 드리지요."

"오오! 엘프주. 정말이죠?"

현수는 짐짓 술이 탐난다는 표정을 지었다.

"엘프는 거짓말하지 않는다는 거 몰라요?"

후렌지아는 현수가 자신과 대등한 나이인 것으로 오인하고 있다. 그렇지 않고선 10서클 대마법사가 될 수 없기 때문이다. 그래서 그런지 여전히 높임말이다.

"좋습니다. 쏘죠. 그럼 밖으로 나가볼까요?"

현수가 활을 들고 밖으로 나가자 우르르 따라나선다. 장로

급조차 시위를 당긴 채 버티질 못했다.

그런 활을 쏜다니 호기심이 돋은 것이다.

"흐음, 저기 저쪽에 흰색 바위 보이시죠?"

현수가 손가락으로 가리킨 곳은 대략 2㎞쯤 떨어진 곳에 위치한 집채만 한 바위이다.

"설마 저걸 쏘아 맞춘다고요? 지금 장난해요? 활로 어떻게 저 먼 거리까지 화살을 날려요?"

후렌지아가 발끈하는 모습을 보인다.

그러거나 말거나 아공간에서 화살 하나를 꺼냈다. 그리곤 조금도 머뭇거리지 않고 시위를 당겼다.

"아! 저건… 오러?"

"우와! 화살촉을 봐! 오러야, 오러!"

모두의 시선이 화살촉에 쏠렸다. 하얗다 못해 시퍼런 빛을 뿜고 있다.

"헐! 세상에 맙소사! 보우 마스터야, 보우 마스터!"

"우와! 진짜 보우 마스터?"

후렌지아의 눈마저 커진다. 그 순간 시위를 놓았다.

쐐에에에에에에에엑―!

콰아아앙―!

2㎞ 전방에 있던 흰 바위가 폭발하며 무너져 내린다.

"세상에 맙소사!"

"헐! 어떻게 저런 일이……!"

"세상에! 마법사라면서 어떻게……!"

모두들 감탄사를 터뜨린다. 그중엔 후렌지아도 당연히 포함되어 있다.

아르센 대륙에서 가장 활을 잘 쏘는 종족이 바로 엘프이다. 그런 엘프조차 보우 마스터가 되지 못했다.

수백 년 동안 활을 다뤘음에도 그러하다. 그런데 눈앞의 마탑주는 아주 손쉬운 일을 하듯 오러 실린 화살을 쏘았다.

"혹시 보우 마스터이신가요?"

"어쩌다 보니……. 한때 라이세뮤리안과 사이가 좋지 않을 때가 있었는데 그때 익힌 결과지요."

"……!"

엘프들 모두 입을 딱 벌린다.

그리곤 경외감 어린 시선으로 바라보고 있다. 하여 바늘 떨어지는 소리도 들릴 지경으로 고요해졌다.

엘프들이 활을 아무리 잘 쏜다 해도 2㎞를 날리진 못한다. 설사 그렇다 하더라도 방금 현수가 보여준 것과 같은 파괴력은 가질 수 없다.

표적을 10m 앞에 놓고 쏴도 마찬가지이다. 활을 다루는 종족으로서 존경심이 생기는 것은 당연한 일이다.

현수는 문득 개구진 생각이 떠올랐다.

"다른 활도 있는데 한번 볼래요?"

"다른 활이요?"

모두가 고개를 갸우뚱할 때 아공간에 담겨 있던 각궁을 꺼냈다. 각궁 장인이 만든 명품이다.

엘프들은 각궁이 자신들이 다루는 활과 형태가 달라 고개를 갸우뚱한다. 너무 작아서 장난감으로 만든 건 아닌가 하고 생각하는 모양이다.

그러거나 말거나 화살을 꺼내 시위에 얹었다.

"오러를 싣지 않고 순수한 힘으로만 쏘겠습니다. 사거리를 잘 보시죠."

말을 마치곤 곧바로 시위를 당겼다. 바로 곁에 있던 후렌지아의 고개가 갸우뚱거린다.

빈 대롱에 아주 짧은 화살을 얹어서 당긴 때문이다.

피이잉—!

시위를 놓자 뭔가가 날아가는지 파공음이 들린다. 그런데 현수를 보니 화살이 그대로 있는 듯하다.

"……?"

퍼억—!

멀리 떨어진 나무에 뭔가가 박히면서 잎사귀가 떨어진다.

"……!"

자신들의 활로는 350m가 한계이다. 인간들이 사용하는 활의 사거리 200m보다 훨씬 길다.

하여 인간의 활을 우습게 알았다. 그런데 방금 현수가 쏜 화살은 무려 500m나 날아갔다.

어린 엘프들이나 쏠 자그마한 활의 위력치곤 대단하다.

"그, 그건 뭐죠?"

후렌지아의 물음에 현수가 빙그레 웃었다.

"내가 속한 나라의 전통 활입니다. 화살은 편전이라고도 하고 애깃살이라고도 하는 거죠."

아공간에 담겨 있던 애깃살 하나를 꺼내 보여주었다. 물론 아무렇지도 않다는 표정이다.

"저어, 그 활 좀 보여줄 수 있나요?"

"그러시죠."

선선히 각궁과 통아, 그리고 애깃살을 넘겨주었다.

후렌지아는 서둘러 조금 전에 보았던 대로 통아에 애깃살을 놓고 시위를 당겨본다. 사위의 장력이 강한지 살짝 이맛살을 찌푸린다. 하여 잔뜩 힘주는 모습이다.

조준하고 발사했지만 애깃살은 몇 발짝 앞에 떨어진다.

"이건 왜……?"

"그건 발사 요령을 모르면 쏴지지 않는 활입니다."

"아, 그래요? 그럼 가르쳐 주실 수 있나요?"

"알려 드리는 건 어렵지 않은데, 이런 활도 없으면서 왜?"

각궁은 물소 뿔 등 여러 재료가 혼합되어 만들어진다.

아르센 대륙엔 가장 중요한 물소가 없다. 그렇기에 만드는 방법을 알려줘도 제작이 불가능이다.

"그 활 우리에게 줄 수 없어요?"

컴파운드 보우는 한눈에 보기에도 범상치 않다.

재료가 뭔지 가늠조차 되지 않는다. 하지만 각궁은 제조 기법만 배우면 될 듯하다. 그렇기에 탐내는 것이다.

"내가 활을 주면 엘프주 제조 비법을 알려주실 겁니까?"

"……?"

다소 도발적인 어투이다. 그런데 후렌지아는 발끈하기는 커녕 그래도 되느냐는 표정으로 족장을 바라본다.

이에 트렌시아 토들레아가 잠시 눈빛을 빛내더니 고개를 끄덕인다. 그러자 후렌지아의 입술이 열린다.

"좋아요. 활의 제조 비법을 알려주면 우리도 엘프주 제조 비법을 알려드리지요."

"……!"

설마 이런 대답을 할 것이라곤 생각지 못했기에 현수는 잠시 머뭇거렸다.

"으음! 아르센 대륙엔 없는 재료 때문에……. 차라리 활을 필요한 만큼 드리는 건 어떨까요?"

"우리 일족 모두가 쓸 만큼을 주겠다고요?"

“일족의 숫자가 얼마나 되는지 모르겠습니다만 100개 정도는 드릴 수 있을 것 같습니다.”

현수는 각궁 명인으로부터 활을 받을 때 한숨과 더불어 재고가 제법 있음을 들은 바 있다.

2013년 8월, 각궁을 만드는 장인들은 35℃를 넘는 무더위에도 불구하고 시위에 나선 바 있다.

궁시협회가 협회 공인을 받아야만 궁시를 판매할 수 있도록 관련 제도를 변경한 때문이다.

장인들 입장에선 이 제도가 비합리적인데다 명분도 없을 뿐더러, 궁시 발전을 저해한다고 판단했다.

아무튼 협회는 궁시(弓矢)의 품질이나 규격 등은 무시한 채 가격 상한제를 일방적으로 정했다. 아울러 궁시를 구입한 궁도인들의 신상을 기록해 6개월마다 보고하라고 했다.

장인들 입장에선 다분히 강압적인 제도이다.

이런 공인인증제 시행 전만 해도 전통 활인 각궁은 65만 원 정도에 팔렸다.

그럼에도 협회는 55만 원을 가격 상한으로 정했다.

보다 많은 궁도인이 싼 가격에 궁시를 구입할 수 있게 한다는 취지이다.

시위에 나선 장인 가운데에는 무형문화재도 있다. 이들이 제작하는 것은 문화재가 될 확률이 매우 높다.

그럼에도 협회에서 일방적으로 가격 상한을 정한 것이다.

무형문화재 명인들은 그 가격으론 문화재 전수가 어렵다며 협회의 공인인증제를 거부했다.

그러자 이들의 '단합' 은 '담합' 으로 간주되었다.

결국 궁시 판로가 막혀 생계 수단이 끊긴 장인들은 한발 물러설 수밖에 없었다. 사업을 아예 접거나 나이도 많은데 스트레스로 건강이 나빠진 회원들이 늘어났기 때문이다.

현수의 각궁을 만든 장인이 말하길, 하나를 만드는 데 대략 3,700여 번의 손이 간다고 했다.

그리고 약 100일이 소요되며, 부레풀을 이용해야 하기에 여름에는 만들 수 없다고 했다.

그때 현수가 매입한 가격은 70만 원이다.

55만 원밖에 받을 수 없다고 하였지만 활이 너무도 마음에 들어 더 준 것이다.

한편, 전에 맛본 엘프주는 가히 명품이라 부를 수 있을 정도로 맛과 향이 좋았다. 활 100개를 주면 7,000만 원이 들지만 그 정도는 얼마든지 지불할 용의가 있다.

"제조 비법은 알려줄 수 없는 건가요?"

"알려 드리는 건 어렵지 않습니다. 다만 이곳에 없는 재료를 쓰는 것인지라……."

현수가 말끝을 흐리자 족장이 나선다.

"그럼 아리아니님께 연락해 주시고 그 활은 120개를 주십시오."

"……?"

"대신 엘프주 1,000병과 제조 비법을 알려 드리죠."

"…좋습니다. 그러지요."

현수가 지구에서의 버릇처럼 손을 내밀자 그건 대체 왜 내밀었느냐는 표정을 짓는다.

"아……!"

자신을 실책을 깨닫고는 계면쩍은 웃음을 지었다.

"아리아니에게는 뭐라 말해주면 될까요?"

"세계수가 시들고 있으니 살펴봐 달라고 요청해 주시면 됩니다."

"좋습니다. 그러지요."

현수가 고개를 끄덕이자 족장의 얼굴에 미소가 어린다.

숲의 요정 아리아니라면 왜 시드는지 원인을 찾아낼 것이다. 나무에 관해선 신과 같은 존재이기 때문이다.

따라서 그간 속 썩이던 바가 해결될 것이기에 이제야 마음이 놓인 것이다.

"그럼 저희는 돌아가서 엘프주를 준비하겠습니다. 좋은 소식 부탁드립니다."

족장과 엘프 일족이 우르르 일어서는 것을 보니 정말 다급한 마음에 왔다는 것이 느껴신나.

"…알겠습니다. 저도 곧바로 아리아니에게 가보지요. 아! 이 활 가져가십시오."

현수는 각궁과 통아, 그리고 편전을 건네주었다.

이들과는 우호 관계가 형성되었다.

훗날이라도 이실리프 자치령에 문제가 발생되었을 때 도움이 되어달라는 뜻에서 건넨 것이다.

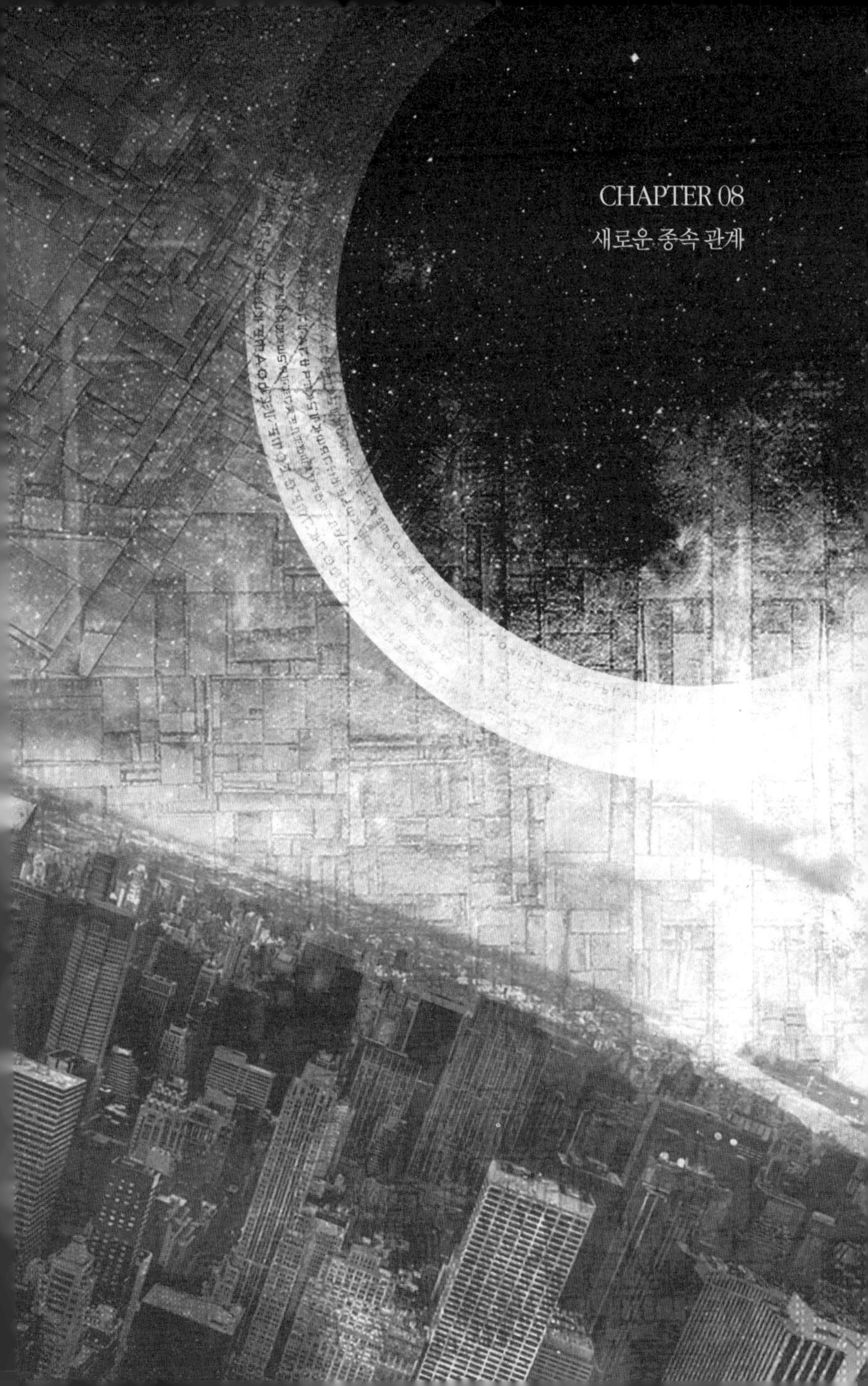
CHAPTER 08
새로운 종속 관계

'흐음, 지구로 가면 각궁을 왕창 가져와야겠군.'

현수의 이런 생각 때문에 각궁 장인과 협회 사이의 알력은 단숨에 해소된다.

현수가 지구로 가서 각궁 1,000자루를 주문하기 때문이다. 엘프에게 줄 것과 이실리프 자치령에서 쓸 것이다.

콩고민주공화국 정글에서 쓸 것이라 말하며 주문한다.

전부 수출용이므로 장인들이 협회에 보고할 필요가 없는 물량인 것이다.

각궁 하나당 평균 납품 가격은 80만 원을 지불할 생각이다. 무형문화재의 명맥이 끊길 수 있으니 후한 값을 치러서라도 유지케 하고 싶은 것이다.

장인들은 현수에게 납품하기 위한 활을 만드는 동안 단 하나도 국내 판매를 하지 않는다.

아무리 잘 만들어도 55만 원밖에 못 받기 때문이다.

이에 여러 궁도인이 불만을 토로하자 궁시협회에선 각궁 장인들에게 납품을 명령한다.

하지만 이는 즉각 거절된다.

현수가 추가로 주문하게 될 각궁 5,000자루는 평생을 만들어도 다 못 만들 분량이기 때문이다.

다급해진 협회에서 각궁 가격 상한을 인상해 줄 의사를 내비친다. 하지만 장인들은 이 또한 거절한다. 그리곤 꼴도 보기 싫으니 다시는 보지 말자는 말로 인연을 끊어버린다.

무형문화재 보호 운운하며 정부 관계자까지 나서지만 이마저 무시당한다. 정작 보호받아야 할 때는 아무런 힘도 안 써놓고 뒤늦게 나서는 꼴이 우습기 때문이다.

아무튼 장인들은 물론이고 후손들까지 지속적으로 각궁을 만들어낸다.

이실리프 자치령 등의 수요가 나날이 늘기 때문이다.

그 결과 각궁의 가격은 천정부지로 솟는다. 새롭게 팔리는 것이 없으므로 자루당 500만 원이 보통이 된다.

하지만 팔리는 것은 없다.

소장자들이 내놓지 않기 때문이다.

협회는 궁도인들의 질타를 받고 결국엔 해산된다.

이 단체는 비상식적인 제도를 만들어 전통문화의 본질을 왜곡하였다.

그 때문에 많은 궁도인이 혼란과 분노를 경험했다.

뿐만 아니라 전승해야 할 우리의 활 문화 전체의 근간을 뒤흔들었다. 그렇기에 이들이 해산되던 날 많은 궁도인이 환호성을 터뜨린다.

이 과정을 지켜본 현수는 대한민국에 상당히 많은 협회가 있음을 알게 된다. 또한 그들이 얼마나 편향적이며 무능하고 독선적인지를 파악하게 된다.

하여 빙상과 배구 등 여러 종목의 협회를 유심히 관찰하게 된다.

편 가르기로 공정치 못한 선수 선발을 자행한 빙상, 비밀엄수 약속을 일방적으로 파기해 선수의 발목을 잡은 배구 등은 당연한 개혁 대상이다.

결론부터 말하자면 이들 협회는 해산이 된다.

뿐만이 아니다.

축구, 농구, 야구 등 거의 모든 스포츠 협회가 개혁된다.

각각의 종목은 새롭게 발족하게 되는 체육부 공무원들이

전제적인 조율을 하게 된다. 체육부 산하에 축구, 야구, 농구, 배구, 빙상 등등으로 종목별 부서가 만들어지는 것이다.

각 부서의 장(長)은 공정함이 인증된 공무원이 맡는다. 이들은 3~5년을 주기로 보직 순환이 된다.

다시 같은 부서의 장이 되는 일은 없다. 고인 물은 썩게 마련이기 때문이다.

종목별 체육인들 가운데 능력을 인정받은 자는 각 부서의 비상임 고문 내지는 자문역을 맡게 된다.

재직하는 동안 일정한 보수는 지불받지만 아무런 권력도 없는 자리이다.

대표선수 선발 등에 일절 관여치 못하기 때문이다.

자료 분석과 공정한 심사기준 제시 및 종목별 진행 방향 제안 등으로 업무가 한정될 것이다.

이들이 제시한 것을 받아들이고 말고는 전적으로 각 부서의 장이 가진 고유권한이다.

만일 이 과정에서 불법 행위가 드러나면 즉각 파면됨과 동시에 공무원 연금 자격이 박탈된다.

만일 이들 사이에 담합이 발견되면 즉시 퇴출시키고 영구히 발붙이지 못하게 한다. 학교별 파벌이 발생될 경우는 두 학교 출신 선수 모두 대표선수 선발에서 제외시킨다.

발생될 불협화음을 아예 원천 차단해 버리는 것이다.

어느 한쪽의 무고에 의한 불협화음이 생길 경우 그쪽 출신 학교 선수는 10년간 대표선수 선발에서 제외시킨다.

그 학교의 학과 자체를 고사시키는 것이다.

아무튼 올림픽 등에 출전할 국가대표 선발 등은 각 부서의 장이 전문가들의 의견을 취합하여 신중히 결정한다.

이때 반드시 네티즌들의 의견을 묻도록 한다. 공정함을 취하기 위함이다.

하지만 반드시 다수결을 적용해야 하는 것은 아니다.

어느 빌어먹다 거꾸러질 정당처럼 돈을 주고 사람을 사서 조작하려는 경우도 있기 때문이다.

아무튼 이런 선발 과정에서 불법행위가 드러나면 관계 공무원은 즉각 파면됨과 동시에 공무원 연금 자격이 박탈된다.

뇌물을 받았거나, 이득을 취했을 경우엔 그 액수의 1,000배를 벌금으로 납부토록 한다.

아울러 영원히 공직진출이 금지된다.

이는 부서의 장에만 적용되는 것은 아니다. 휘하 공무원들 전부에 해당되는 규정이다.

스포츠는 정정당당해야 한다는 원칙을 고수하는 것이다.

"흐음! 일단 아리아니에게 다녀와야겠군. 좌표가… 흐음, 여기 있군. 텔레포트!"

샤르르르르르릉—!

안개처럼 스러진 현수의 신형이 나타난 곳은 라세안과 온 적이 있는 커다란 호숫가이다.

그때 그날처럼 여전히 잔잔하다. 추워진 날씨 때문인지 물안개가 피어오르고 있는데 신비스럽다는 느낌이다.

[아리아니! 나 하인스인데 지금 방문해도 돼?]

마나에 의지를 실어 수면 아래로 보내고 대략 1분쯤 지났을 때다.

퐁—!

수면에서 뭔가가 솟아나오며 동심원이 그려진다.

"하인스? 정말 하인스가 다시 온 거야?"

키는 30㎝쯤 되며 날개 달린 존재의 음성엔 반가움이 가득했다.

"그래. 하인스 맞아. 잘 있었지?"

지난 8월에 보았으니 거의 다섯 달 만의 만남이다.

"아아! 어서 와! 어서 와! 반가워! 잊지 않고 찾아줘서!"

아리아니는 골드 드래곤 켈레모라니가 마나의 품으로 돌아간 이후 처음 만난 하인스가 다시 방문한 것이 정말 기쁜 듯 가까이 다가와 볼을 비빈다.

"그래, 반가워. 잘 있었지?"

손을 내밀어 작은 몸을 쓰다듬으려다 멈췄다. 키는 30㎝밖에 안 되지만 완전한 여성체인 데다 벗은 몸이기 때문이다.

부끄러움이라는 것을 모르는 아리아니는 현수의 손바닥 위에 내려앉았다. 작기는 하지만 들어갈 곳과 나올 곳이 확연하기에 다소 민망했으나 티를 내진 않았다.

"우리 여기서 이러지 말고 레어로 가. 욕심 없는 하인스는 얼마든지 들어가도 되니까. 어서 따라와."

말을 마친 아리아니는 대답을 기다리지도 않고 수면 아래로 들어가 버린다.

퐁—!

"흐음, 옷 젖는 거 싫은데. 쩝, 할 수 없지. 플라이!"

레어가 어디에 있는지 알기에 일단 몸을 띄웠다. 그리곤 레어 상공에 당도하자 마법을 바꿨다.

"매직 캔슬! 퍼펙트 쉴드!"

풍덩—!

현수의 몸이 중력에 따라 수면 아래로 떨어져 내리면서 커다란 파문을 만들어낸다.

"이런 제길!"

퍼펙트 쉴드 마법은 전신을 마나로 이루어진 구체로 둘러싸는 것이다. 전방위로 쇄도하는 외부로부터의 물리적, 마법적 공격을 차단하기 위한 의도로 구상된 것이다.

그러다 보니 쉴드 내부에 공기가 문제가 되었다. 이로 인한 부력 때문에 가라앉지 않는 것이다.

"으이그, 매직 캔슬!"

쉴드가 사라지자 현수의 신형이 수면 아래로 내려간다.

'이럴 때 쓸 마법도 하나 만들어야지. 이게 뭐야? 속옷까지 홀랑 다 젖었잖아.'

투덜거리며 수면 아래로 내려간 현수는 유영하여 레어로 다가갔다. 가까이 갈수록 마나 농도가 짙어짐이 느껴진다.

'흐음, 이러다 언젠가는 다 사라지겠군.'

"어서 와!"

"응, 그래. 여긴 변한 게 하나도 없네."

"그렇지, 뭐. 우선 옷부터 말려."

현수의 옷에선 물이 뚝뚝 떨어지고 있다.

"이베포레이션!"

건조 마법이 구현되자 잠시 뿌연 수증기 속에 갇히게 되었다.

"전보다 더 좋아진 것 같은데?"

"그렇지? 그동안 작은 깨달음이 있었거든."

"축하해! 아참, 잠깐만 기다려 줘!"

아리아니가 앙증맞은 날개로 어디론가 사라지자 여전히 수면 아래 잠들어 있는 켈레모라니의 동체가 눈에 띈다.

"또 왔네요."

"……!"

영혼을 잃은 드래곤이 대답할 리 있겠는가! 잠시 침묵이 흘렀다. 그러다 문득 떠오르는 생각이 있었다.

"아공간 오픈!"

아공간을 열어 무농약 당근 주스와 식혜를 꺼냈다. 이때 모퉁이를 돌아 나오는 신형이 있었다.

"하인스, 나 어때?"

"……!"

170㎝ 정도 되는 늘씬한 여인이 천천히 걸어나온다.

"아리아니……?"

"그래, 여기 나 말고 또 누가 있어? 나 어때 보여?"

"헐!"

현수는 나직한 탄성을 터뜨릴 수밖에 없었다.

현수도 남자이기에 대학 다닐 때에는 란제리 모델의 사진이 눈에 뜨이면 자세히 살피곤 했다.

현재 아리아니는 망사로 만들어진 브래지어와 팬티 차림이다. 이전에도 그렇게 느꼈지만 충격적으로 섹시하다.

헤어질 때 티셔츠와 스키니 청바지를 준 바 있다. 그런데 그건 걸치지 않은 상태이다.

아무래도 거추장스러운 모양이다.

"아, 아리아니, 예쁘긴 한데 왜 그것만 입었어? 내가 그거 위에 입는 것도 줬잖아."

"아, 그거? 그것도 입어야 해? 잠깐만."

뒤돌아서는 아리아니의 섹시한 엉덩이가 실룩인다. 차마 시선을 줄 수 없어 얼른 고개를 돌렸다.

켈레모라니가 평생 동안 모은 소장품들이 잘 전시되어 있다. 물론 먼지 한 점 묻지 않은 상태이다.

"이제 괜찮아 보여?"

"……!"

흰 티와 스키니 청바지만을 걸쳤을 뿐이다.

그런데 청순, 요염, 섹시, 백치, 우아, 성결, 고고함 등이 한꺼번에 느껴진다.

"나 어때 보이냐니까?"

말을 하며 한 발짝씩 다가서는데 입이 열리지 않는다.

카이로시아, 로잘린, 스테이시, 케이트, 다프네, 그리고 이리냐, 테리나 같은 미녀들을 보았음에도 너무도 아름답다 느껴진 때문이다.

"어? 어! 괘, 괜찮아. 아니, 아주 좋아. 예뻐."

"호호! 그래? 호호! 호호호!"

아리아니는 아주 기분이 좋은 듯 예쁘게 웃는다. 이러다 현혹될까 싶은 생각이 들기에 얼른 용무를 꺼냈다.

"아리아니, 부탁이 있어서 왔는데, 혹시 도와줄 수 있어? 참, 이거 먹어."

꺼내놓은 당근주스와 식혜를 건네자 호기심 어린 표정으로 바라본다.

"아주 맛있는 거야. 몸에도 좋고."

"그래? 하인스가 주는 거라면……."

아리아니는 당근 주스 먼저 마셨다.

"와아아! 이거 맛있네. 이건 색깔이 다르니까 또 다른 맛이겠지?"

이번엔 식혜를 마셨다.

"달아! 아주 달아! 흐음, 너무 달콤해. 고마워, 이런 걸 맛보게 해줘서. 그나저나 내 도움이 필요해? 호호, 하인스의 부탁이라면 기꺼이 들어줄 수 있지. 뭔데?"

"내가 사는 곳 근처에 세계수가 있는데 시들고 있어."

"세계수가 시들어?"

"응. 아리아니는 숲의 요정이니까 도와줄 수 있지?"

"그럼 나더러 여기서 나가라고? 안 돼! 그럴 수는 없어. 켈레모라니님이 레어의 청결 상태를 늘 유지하라고 했단 말이야."

아리아니의 표정이 금방 새침해진다.

"그럼 영원히 여기에 묶여 있어야 하는 거야?"

"저기 계신 켈레모라니님이 완전히 사라지기 전까지는."

말을 하며 수면 속 드래곤의 사체를 가리킨다.

"세계수가 시들어 버리면 안 되잖아."

"그건… 그렇지만 난 여길 떠날 수 없어."

아리아니의 고개가 좌우로 살랑인다. 돕고 싶지만 그러지 못해 유감이라는 표정이다.

"으음!"

오기만 하면 쉽게 뜻을 이룰 수 있을 것이라 생각했다. 아리아니와 헤어질 때 분위기가 매우 우호적이었기 때문이다.

그런데 생각지 못한 난관이 기다리기에 저절로 나직한 침음이 나온다.

"그럼 방법이 없어?"

"응. 난 여길 늘 청결하게 유지해야 할 의무가 있으니까."

조금도 생각해 볼 여지가 없다는 듯 단호한 표정이다.

"그럼… 혹시 내가 여기에 보존 마법을 걸어주는 건 어때?"

"보존 마법?"

"응. 보존 마법이 걸리면 아무런 변화도 일어나지 않아. 심지어 드래곤 하트에서 뿜어져 나오는 마나의 양도 확연히 줄어들지."

"정말? 정말 그렇게 하면 켈레모라니님의 몸이 마나의 품으로 되돌아가는 속도가 늦어져?"

아리아니의 눈이 동그래진다. 그런 방법이 있었느냐는 표정이다. 보아하니 마법을 잘 모르는 듯하다.

"당연하지! 보존 마법이 걸리면 이곳엔 먼지 한 점도 늘어날 수 없어. 모든 변화가 억제되는 거거든."

"오! 그런 수가 있었구나."

아리아니가 환한 웃음을 지으며 감탄사를 터뜨린다.

"그래주면 나가서 날 도와줄 수 있지?"

"그거? 그럼, 그럼. 근데 문제가 하나 더 있어."

"뭐지? 어려운 거야?"

또 다른 난관이 기다린다는 느낌에 살짝 속이 탔다.

"나는 종속되어야 존재할 수 있는 존재야."

"응? 뭐라고? 그게 무슨 뜻이야?"

무슨 뜻인지 쉽게 이해되지 않았다. 존재라는 어휘가 반복된 때문이다.

"나는 누군가에게 속하지 않으면 존재하기 어렵다는 뜻이야. 나는 나를 속하게 하는 존재의 마나가 있어야 하거든."

"속해? 존재? 아……!"

이제야 무슨 뜻인지 이해되었다는 뜻으로 짧은 감탄사를 터뜨릴 때 아리아니가 손짓한다.

"주인님이 저기 저렇게 계시는 것도 나 때문이셔."

켈레모라니의 마나가 대기 중으로 다 흩어져 버리면 아리아니 역시 증발하듯 사라지게 된다.

생시에 아리아니를 가까이했던 켈레모라니는 조금이라도 더 존재하라는 뜻과 레어를 잘 보존해 달라는 뜻으로 다른 드래곤과 다른 죽음을 맞이했다.

본인의 마나가 아주 서서히 대기 중으로 흩어지게 한 것이다. 마법이라 하여 완전한 것은 아니다.

다시 말해 보존 마법이 걸려도 그 효과가 영구한 것은 아니다. 마법진이 유지되게 하는 마나석에 담긴 마나가 모두 소진되면 보존 마법은 무효가 된다. 지금처럼 결계를 이루게 한 마법진이 깨질 때도 마찬가지이다.

아리아니를 너무도 아꼈던 켈레모라니는 마나석 대신 드래곤 하트를 사용했다. 그 안에 담긴 마나가 간신히 마법진이 유지될 정도로만 흩어지도록 조치를 취한 것이다.

그렇기에 사후 1,000년이 흘렀지만 보존 마법이 여전히 유지되는 것이다.

켈레모라니는 그것의 효율을 극대화하기 위해 보존마법진 밖에 결계를 쳤다.

이 세상 마법진이라도 마나 효율이 100%인 것은 없다.

다시 말해 마법이 유지되도록 하는 것 이외에 무의미하게 흩어지는 마나가 있다.

그것마저 잡아두기 위해 결계를 친 것이다.

"아리아니, 내 마나 정도면 되겠어?"

세계수가 시든다니 데리고 나가기는 하는데 마땅한 수가 없기에 한 말이다.

"정말? 하인스가 날 종속시킬 거야?"

아리아니의 표정이 매우 밝다. 몹시 상기된 듯하다.

"내 마나로도 아리아니가 존재할 수 있다면."

"되지! 당연히 돼! 주인님의 비늘이 있으니까 그것만으로도 충분해."

아리아니는 몹시 기쁜 듯 환한 웃음까지 짓는다.

"주인님? 아, 켈레모라니? 그런데 켈레모라니의 비늘이라니? 그건 뭐지?"

현수의 물음에 아리아니는 더없이 친절하게 대답해 준다.

"아! 그래서 전능의 팔찌가 그랬던 거구나."

이제야 팔찌에 박힌 마나석이 왜 늘 완충 상태였는지를 깨달은 현수는 고개를 끄덕였다.

"여기 있는 이 비늘로 아리아니는 얼마나 버틸 수 있지?"

현수는 본인의 왼쪽 가슴을 손으로 가리켰다. 아리아니의 비늘이 스며든 곳이다.

"하인스가 살아 있는 한은 언제까지나 그럴 거야. 주인님의 비늘은 사용된 마나가 다시 충진되도록 만들어진 거니까."

"아……!"

비늘의 새로운 기능을 알게 되었기에 나직한 탄성을 냈다.

"그럼 내게 종속돼 줄 수 있겠어?"

"기꺼이! 하인스의 생명이 다하는 날까지 종속되어 줄게.

대신 날 많이 아껴줘야 해. 주인님처럼."

다시 수면 속의 켈레모라니를 바라본다.

"알았어. 그렇게 해줄게."

현수는 기분 좋은 미소를 지으며 고개를 끄덕였다. 요정이 종속된다는 의미를 아직은 다 알지 못하기 때문이다.

"그럼 종속의 예식을 해줘."

"종속의 예식? 그건 어떻게 하는 거지?"

"그건… 으음, 하인스가 내게 입맞춤을 해주면 돼."

"입맞춤? 그래, 알았어."

현수는 여러 여인과 입맞춤을 한 바 있다.

권지현, 강연희, 이리냐, 그리고 카이로시아 이외에도 예카테리나가 있다.

당연히 거부감이 적다. 그렇기에 얼른 하자는 듯 입술을 내밀었다. 그런데 아무런 반응이 없다. 하여 실눈을 뜨고 바라보니 아리아니가 새침한 표정을 짓고 있다.

"왜?"

"몰라서 물어? 하인스가 이제부터 내 주인이 되는 거잖아. 근데 종속된 내가 어떻게 입맞춤을 해? 주인이 해야지."

"아, 그래? 알았어. 이리 와."

말이 떨어지기가 무섭게 가까이 다가선다. 현수는 그런 아리아니를 당겨 안고 입맞춤을 했다.

"으읍!"

그저 입술과 입술이 닿았을 뿐이다.

그런데 아리아니의 눈이 확연히 커진다. 하지만 이내 닫히고 만다. 대신 속눈썹이 아주 심하게 떨리고 있다.

종속의 인(印)은 주인 될 존재가 아리아니의 이마에 가볍게 입맞춤해 주는 것만으로도 충분하다.

다시 말해 신체접촉만으로도 가능하다. 물론 상호 간에 종속의 의지가 있어야 한다.

그런데 아리아니는 이를 부풀려 이야기했고, 지금 그 결과를 맛보는 중이다. 아무튼 아리아니는 두 입술이 맞닿는 순간 축 늘어졌다. 온몸의 힘이 한순간에 빠져버리는 느낌을 받은 때문이다.

하여 현수가 그녀의 교구를 받아 안을 수밖에 없는 상황이다.

얼마나 오랫동안 입술을 맞대고 있어야 하는지 알 수 없다. 그렇기에 먼저 뗄 수도 없다.

아리아니가 알아서 해주겠지 생각한 것이다.

같은 순간 아리아니는 극치의 황홀경을 헤매는 중이다.

워낙 예민한 촉각 및 시각과 미각 등을 가진 존재이기에 입맞춤만으로도 극치에 이른 쾌감을 느끼는 것이다.

"흐으음!"

아리아니가 나직한 비음을 낼 때 현수는 그녀의 허리를 받아 안아야 했다. 그렇게 잠시의 시간이 흘렀다.

"이제 된 거야?"

약 2분 정도 시간이 흘렀을 뿐이다. 그런데 아리아니의 양볼이 새빨갛게 달아 있다. 부끄럽기도 하고, 좋기도 하고, 아련하기도 하고, 또 하고 싶은 마음이 들기도 한 때문이다.

"주인님은 이제부터 영원히 내 주인님이에요."

"다행이네. 내 수명이 길어서."

"네, 앞으로 1,170년 동안 잘 부탁해요."

아리아니는 부끄러운 듯 고개를 숙여 인사를 하면서도 몸을 배배 틀고 있다.

"뭐? 1,170년? 970년이 아니고?"

"네, 주인님의 수명은 1,200년이니까요. 그런데 언제 여신의 가호까지 받았어요? 신성력으로 바디체인지가 가능한지 이제야 알았네요."

아리아니는 마법만 익히지 못했을 뿐 상당히 많은 독서량을 자랑한다. 읽은 책 중엔 기사와 마법사가 어떻게 바디체인지를 겪는지에 대한 내용도 있었다.

아르센 대륙 역사상 신성력에 의한 바디체인지는 없었다. 그렇기에 다소 놀란 표정이다.

"신성력에 의한 바디체인지라고?"

현수는 신전에서 강렬한 빛줄기로 세례 받을 때를 떠올렸다. 그리곤 어찌 된 영문인지를 추론해 냈다.

여신의 뜻을 받들겠다고 마음먹었을 때 전신을 관통한 전율이 바로 신성력에 의한 바디체인지의 시작이었던 것이다.

"참! 하나 까먹고 말 안 한 게 있어요. 나는 늘 하인스님 곁에 머물게 돼요. 종속되었으니까요."

"늘?"

"네. 늘 곁에서 잘 모실게요. 뭐든 필요하면 요구하셔도 돼요. 저는 주인님에게 필요한 존재가 되고 싶으니까요."

"…만일 내가 다른 차원으로 간다면 어찌 되는 거야?"

"그때도 저는 주인님을 따라가요. 늘 곁에 있어야 하니까요. 주인님의 마나로부터 멀어지면 저는 흩어지거든요."

"헐!"

현수가 멍한 표정을 지었다.

아리아니의 말대로라면 지구에서 지현, 또는 연희와 잠자리를 할 때에도 근처에 있겠다는 뜻이기 때문이다.

"차원 너머로 가실 땐 제가 머물 공간을 주셔야 해요. 아공간도 괜찮아요."

"정말? 아공간엔 공기가 없어서 숨도 못 쉬는데?"

"전 인간이 아니잖아요. 하지만 오래 머물진 못해요. 그러니 도착하면 꺼내주셔야 해요."

현수는 아리아니와 이런저런 이야기를 나눴다. 그 결과 둘 사이의 최대 거리가 5㎞까지 가능함을 알게 되었다.

대화하는 동안 레어 곳곳에 보존마법진을 그려놓았다.

그 마법진에는 마나집적진이 중첩되어 있다. 그냥 흩어지고 있는 켈레모라니의 마나를 재활용하려는 것이다.

레어 입구에 가장 많이 마나가 새어 나가는 곳에도 마나집적진이 그려졌다.

그곳엔 혈운의 마탑에서 가져온 공갈 마나석이 놓였다.

레어 안에서 뿜어져 나오는 마나와 호수 속에 녹아 있는 마나를 끌어모으려는 의도이다.

"자, 이제 가요."

아리아니가 생긋 미소 짓는다. 여전히 흰 티에 스키니 청바지 차림이다. 하여 너무도 아찔해 보인다.

한 가지 위안은 아무나 아리아니를 볼 수 있는 것이 아니라는 것이다. 아리아니가 스스로 현신하여 보이게 하지 않는 한 상당한 수준의 정령력이 있어야 가능한 일이다.

"좋아, 내게 가까이 다가와."

"걱정 말아요."

아리아니는 기다렸다는 듯 현수의 품을 파고들었다. 왠지 포근하고 아늑한 기분이 느껴져서이다.

"텔레포트!"

샤르르르르르릉—!

둘의 신형이 레어로부터 사라졌다.

CHAPTER 09

세계수가 시드는 이유

"저쪽이에요, 저쪽!"

현수는 아리아니가 가리킨 방향으로 몸을 틀었다.

이실리프 자치령 인근으로 온 이후 플라이 마법으로 세계수를 찾아 나선 길이다.

그렇게 만 하루를 날았다. 토틀레아 일족이 머무는 숲은 바세른 산맥의 중심부에서 약간 벗어난 곳이다.

울울창창한 수림으로 뒤덮여 훤한 대낮이건만 하늘이 보이지 않을 정도로 어두컴컴하다.

그곳을 약간 지나치자 드넓은 초지가 나타난다. 한국식으로 따지면 대략 50,000여 평 정도 되는 넓은 공간이다.

이곳 중앙엔 거대한 나무 한 그루가 오연히 서 있다.

멕시코 오악사카주엔 세계에서 가장 굵은 나무가 존재한다. 수령은 1,500년 정도 되는데 직경 11.62m, 밑동 둘레 48m, 높이 35.4m이다.

미국 캘리포니아에는 세계에서 가장 부피가 큰 나무가 있다. 수령은 2,300~2,700년이다.

이 나무의 높이는 83.8m이고, 직경 11.1m, 밑동 둘레 31.3m, 부피 1,500㎥이다.

현수의 눈에 뜨인 이 나무는 높이 200m, 직경 30m, 밑동 둘레 100m, 부피 4,500㎥정도 된다.

실로 어마어마한 크기이다.

"과연……! 세계수답군."

"근데 많이 시들었네요. 흐음, 잠깐만요."

말을 마친 아리아니가 훨훨 날아 세계수로 다가간다. 그리곤 거대한 나무 곳곳을 옮겨 다니며 살피는 모습이다.

그러는 내내 세계수 주위를 한 바퀴 돌며 세세히 살펴보았다. 워낙 큰 나무이기에 시간이 꽤 걸렸다.

"세계수의 뿌리에 오염된 게 닿아서 그래요."

한참을 돌아다니고 온 아리아니의 말이었다.

"오염된 거?"

"네, 마족과 관련이 있는 거 같아요. 저쪽이에요. 가요."

아리아니를 따라가 보니 너른 초지 중에서도 풀이 돋지 않은 곳에 이르렀다.

"여길 파 봐요. 깊이는 40m쯤 될 거예요."

"알았어! 디그, 디그! 디그! 디그!"

땅파기 마법이 구현될 때마다 2m 정도가 푹푹 팬다. 가로세로 각기 3m 정도이니 약 18㎥ 정도이다.

지구에서 사용되는 굴삭기는 한 번에 2.6㎥가 대형이다. 따라서 디그 마법이 굴삭기보다 훨씬 효율적인 셈이다.

이십여 번이 지나자 마나의 양을 줄여 조심스레 디그 마법을 구현시켰다.

"저게 뭐지?"

확연히 다른 색깔이 눈에 뜨이는 것이 있다. 밑으로 내려가 그것을 살필 때 아니아니의 고함 소리가 들린다.

"그거 손대지 마요!"

"왜……?"

"그거 마족들을 봉인한 거예요. 전 주인님이 그랬어요."

잠시 아리아니의 설명이 이어졌다.

5천 년쯤 전, 흑마법사들의 농간에 의해 마계가 열린 적이 있다.

그때 각종 마족이 그곳을 통해 중간계로 튀어나왔다.

약 3,000여 개체였다.

이들에 의해 수많은 인간이 학살당하자 중간계의 균형을 위해 드래곤들이 나섰다.

인간이 감당할 상대가 아니기 때문이다.

당시엔 헤츨링을 제외한 드래곤의 개체수가 1,000이 넘을 때였다. 그 모든 드래곤이 나서서 마족 사냥을 한 것이다.

그런데 문제가 발생되었다. 마족을 죽이면 마계에서 환생하여 또다시 중간계로 되돌아오곤 했던 것이다.

다시 말해 마족을 죽이는 것이 의미 없는 일이 되어버린 것이다. 하여 당시의 드래곤 로드가 묘안을 냈다.

마족들을 생포하여 마나 구속구를 채운 뒤 결계 안에 가둔 뒤 영원히 봉인하자는 것이다.

그날 이후 마족들은 반쯤 죽은 채로 잡혀왔다.

모두에게 마나 구속구가 채워졌고 드워프들을 동원하여 만든 커다란 종 모양의 감옥에 갇혔다.

이것은 빠져나갈 구멍이 없는 감옥이다.

마지막 마족을 잡아넣은 후 뚜껑을 덮고 녹인 쇳물로 접합시켜 버린 때문이다.

마종이라 불린 감옥은 겉면에 수많은 마법진이 그려졌다. 마족들이 힘으로 깨거나 빠져나갈 수 없도록 한 것이다.

이것은 지하 깊숙한 곳에 묻혔다. 그것의 꼭대기로부터 지표까지는 작은 대롱 하나가 있을 뿐이다.

죽으면 또다시 마계에서 환생하기에 죽지 못하도록 가느다란 숨구멍 하나만 허용한 것이다.

"이게 마종이라고?"

"네! 생긴 모양을 들어보니 확실해요. 전 주인님도 그때 나섰다고 하셨거든요."

"그래?"

왠지 음산한 기운에 현수는 한 발짝 뒤로 물러섰다.

"흐음, 이 마종에서 뿜어져 나오는 기운 때문에 세계수가 시들고 있다는 거지?"

"네! 확실히 그래요."

"흐음, 이걸 꺼내서 다른 곳에 묻으면 어떨까?"

"안 돼요. 이곳에 묻은 건 가장 결계의 힘이 강하게 작용할 수 있는 곳이라 그렇다고 했어요."

아리아니의 말이 또 이어졌다.

듣고 보니 마종을 다른 곳으로 옮겨선 안 될 듯하다.

"어쩌지……?"

잠시 상념에 잠겼던 현수의 눈이 뜨인 것은 대략 5분 정도 지난 후였다.

"맞아! 그거! 지구에 가봐야겠네."

현수가 생각해 낸 것은 콘크리트이다.

후쿠시마 제1원전에서 바다로 유출된 세슘이 문제가 되자 도쿄전력은 해저를 콘크리트로 덮는 방안을 추진했다.

시멘트와 점토가 혼합된 고화재(固化材)를 투입해 바닥에 쌓여 있는 세슘 등 방사성 물질의 확산을 막겠다는 것이다.

두께는 약 60㎝다.

세슘과 같은 위험물질도 막아내니 콘크리트라면 음산한 기운을 막는 역할을 충분히 할 듯싶다.

마종은 반지름 5m, 높이 15m짜리 원추형이다.

이것 전체를 60㎝ 두께로 덮으면 세계수가 시드는 원인을 제거하는 일이 될 것이다.

“가만히 있자, 그럼 콘크리트가 얼마나 필요하지? 약 140㎥가 필요하군. 철근도 있어야 하고…….”

현수는 머릿속으로 마종을 감쌀 구조물의 설계를 해보았다. 고강도 콘크리트를 사용한 철근 콘크리트 구조는 철골조에 비하여 6배 이상의 강성을 갖는다.

대신 돈이 많이 든다.

“쩝! 그 정도는 부담해야지.”

이제 아르센 대륙은 본인뿐만 아니라 카이로시아, 로잘린, 스테이시, 케이트, 다프네와 그 후손들이 살아갈 곳이다.

이제 이곳의 일원이다. 이번 일이 잘되면 엘프 일족과의 친

밀감이 더해질 것이다. 손해 볼 일은 아니다.

"좋아, 그렇게 하자."

"뭘 어떻게 하려구요?"

"으응! 방법이 있어. 근데 정말 아공간에 들어가 있어도 버틸 수 있는 거지?"

"네, 어느 정도는요."

아리아니는 날갯짓으로 눈높이를 맞추며 방긋 웃는다.

"다행이네. 근데 시간은 얼마나 되지?"

"글쎄요? 아공간에 들어가 본 경험이 거의 없어서……. 아무튼 잠시는 버틸 수 있을 거예요. 설마 차원 이동하는 데 시간이 많이 걸리고 그러는 거예요?"

눈을 크게 뜨며 어서 대답해 달라는 표정이다.

"아니! 그건 아니야. 그냥 궁금해서……. 알았어, 차원이동하자마자 꺼내줄게."

"호호! 네에."

"아공간 오픈!"

아리아니가 환히 웃을 때 아공간이 열린다. 그러자 기다렸다는 듯 그 안으로 들어간다.

"날 잊지 말아요."

"걱정 마! 트랜스퍼 디멘션!"

샤르르르르르르릉─!

세계수 앞에 있던 현수의 신형이 증발하듯 사라졌다.

*　*　*

"왔군. 아공간 오픈!"

말 떨어지기 무섭게 아공간이 열리고 기다렸다는 듯 아리아니가 튀어나온다.

"어머! 여긴 어디예요?"

아리아니의 눈이 휘둥그레진다. 한 번도 보지 못한 기물들이 사방에 널려 있기 때문이 아니다.

대기 중 마나가 너무 희박했기 때문이다.

"여긴 지구라는 곳이야! 내가 태어난 곳이지. 아르센과는 전혀 다른 곳이니까 주의할 게 많을 거야."

"…네에."

사방에 널린 이상한 것들을 둘러보며 고개를 끄덕인다.

어디에 어떻게 사용되는 것인지 이해할 수 없는 물건이 많은 까닭이다.

"저기 저 침대에서 자고 있는 사람은 내 아내야."

"주인님의 반려인 거예요?"

"그래! 사랑하는 내 아내지."

"네에, 알았어요."

지구 시각으로 지금은 2014년 2월 18일 월요일 아침이다.

현수는 아리아니를 데리고 다니며 곳곳을 소개해 주었다.

현관문을 열고 밖으로 나가자 나지라노와 그레셀다가 반갑다는 듯 다가오다 멈칫거린다. 눈에 보이지는 않지만 아리아니를 느낀 듯하다. 하지만 그 시간은 그리 길지 않았다.

주인과 함께 있다면 해롭지 않은 존재라 여긴 모양이다.

"잘들 있었지?"

어젯밤에도 보았다. 지현과 외출했다 돌아왔을 때에도 지금처럼 반갑다고 꼬리를 흔들었다. 그래서 목덜미와 머리를 북북 긁어주었다.

이건 리노와 셀다의 경우이고 현수에겐 아니다. 아르센에 제법 있다 왔으니 오랜만에 본 듯한 느낌인 것이다.

"늑대인데 힘이 많이 약하네요."

현수의 어깨 위에 앉은 아리아니가 한 말이다.

"그래……? 하긴 아르센의 늑대들이 조금 더 억세지."

현수의 말처럼 아르센 대륙의 늑대는 리노와 셀다보다 몸집도 더 크고 기운도 더 세다.

생존하려면 그래야 하기 때문일 것이다.

"이 녀석들 이러는 건 숲의 기운을 잃어서 그래요. 제가 좀 도와줄까요?"

무엇을 어찌 돕는다는지 알 수 없지만 해되지는 않을 듯하여 고개를 끄덕였다.

"그래주면 나야 고맙지."

리노와 셀다는 어떠한 방범 장치보다 확실하고 강력하다. 더 좋아진다면 이익이 될 일이다.

현수의 어깨 위에 있던 아리아니가 리노와 셀다에게 다가가 뭔가 주문을 외우는 듯한 몸짓을 한다.

그러자 놀라운 일이 벌어진다.

리노와 셀다의 곁에는 몇 그루의 무궁화나무가 있다.

현재는 추운 겨울인지라 가지만 앙상하다. 그런데 이것들이 서서히 자라나고 있음이 확연하다.

가지가 조금씩 굵어지면서 키가 커지고 있는 것이다.

리노와 셀다는 마치 마법에 걸린 듯 가만히 서 있다. 그렇게 잠시의 시간이 흘렀다.

"이 녀석들도 그렇지만 나무들도 힘이 없어요. 아무래도 제가 좀 나서야 할 듯해요."

"그래? 편한 대로 해."

현수는 자신의 말 한마디가 어떤 결과를 빚는지 전혀 알지 못하고 있었다.

현관문을 열고 안으로 들어서자 지현이 언제 일어났는지 식사 준비를 하고 있다.

"벌써 애들하고 다 놀아준 거예요?"

리노와 셀다 곁에 있는 걸 본 모양이다.

"응! 잘 잤어?"

"네에. 아주 푹 잤어요. 북어국 끓이려 하는데 괜찮죠?"

지현은 분주한 손길로 북어를 다듬고 있다.

"응, 좋아. 근데 내가 도와줄 일 없어?"

"왜 없겠어요? 냉장고에서 김치랑 꺼내주세요."

"오케이!"

식탁 위에 밑반찬을 꺼내놓고 솥에서 밥을 펐다. 식이섬유가 많은 현미 등이 섞여 있는 밥이다.

"일하는 거 힘들지 않아?"

"전혀요! 자기랑 결혼하고부터 일하는 게 더 즐거워요. 지금은 떨어져 있지만 이따가 퇴근하면 자기를 또 만나겠구나 하는 생각을 하면 오히려 행복해요. 자기랑 결혼하길 정말 잘했다 싶어요."

"…고마워! 그렇게 생각해 줘서."

현수는 열심히 일하고 있는 지현의 뒤로 다가가 백허그를 해줬다.

"근데 얼마나 기다려야 해?"

"조금만요."

잠시 후, 둘은 애정이 담뿍 담긴 표정으로 식사를 했다.

[아리아니! 나 지금 멀리 가야 해.]

차고에서 차를 꺼내며 바나에 의지를 심어 보내자 아리아니가 날아와 어깨 위에 앉는다.

"자! 새로운 한 주의 시작이네. 갈까?"

"네에, 가요!"

지현이 현수의 어깨에 고개를 기댄다.

키를 돌리면 '부르릉' 하는 소리가 들려야 한다. 그런데 현수의 노란색 스피드는 그런 소리가 나지 않는다.

RPM 게이지의 바늘만 움직일 뿐이다.

리모컨을 누르자 차고의 문이 열린다.

잠시 후, 노란색 스피드는 경호차량에 둘러싸인 채 서초동으로 향했다. 지현 먼저 출근시키려는 의도이다.

"고마워요."

"고맙긴 당연하지. 이따 봐."

"네, 조심해서 운전하세요."

차에서 내린 지현이 깜찍한 손짓을 하며 환히 웃는다. 현수 역시 미소 지으며 창문을 닫았다.

지이잉—!

유리창이 닫히자 지현이 돌아선다. 이때 근처에 있던 사내들이 웃으며 인사를 한다.

"권 사무관님! 보기 좋네요."

"쳇! 우리같이 외롭고 불쌍한 솔로들 염장 지르려 일부러 이러시는 거죠?"

"그러게! 모태 솔로들은 나가 죽으라는 건지."

"에이, 검사님들! 왜들 이러세요?"

지현이 고개 숙여 인사를 하자 그제야 마주 절을 한다.

아직 현수의 차가 떠나지 않아서가 아니다. 이들은 서울중앙지검 검사들이다.

남종우, 김종철, 박태화, 심계섭이 이들의 이름이다.

사법연수원 동기들인 이들은 '권(權)바라기' 라는 모임의 일원이기도 하다.

명칭 때문에 장차 권력의 중심부에 서길 바란다고 오해받기도 한다. 그런데 이들이 바라는 권(權)은 지현을 의미한다.

어느 날 대구에서 전근 온 너무도 아름다운 권지현 사무관에게 홀딱 반했던 것이다.

넷은 누가 되었든 지현과 인연이 맺어지는 친구가 있거든 전폭적인 협력을 하기로 했다.

하여 호시탐탐 다가갈 기회만 노리고 있었다. 그런데 느닷없이 현수와 결혼해 버렸다. 닭 쫓던 개 지붕 쳐다보는 격이 되어버린 이들은 모임의 명칭을 주(酒)바라기로 바꿨다.

인생의 쓰라린 맛을 술로 풀고 있는 것이다.

"크으! 술 냄새! 설마 어제도 밤새 술 마신 거예요?"

"밤새는 아니고 늦은 저녁까지입니다. 우리에게 낙이 뭐가 있습니까? 애인이 있는 것도 아니고, 아내가 있는 것도 아닙니다. 그러니 불쌍한 우리끼리 뭉쳐서 한잔한 겁니다."

남종우 검사는 아직 술이 덜 깬 듯 발음이 약간 샜다.

"맞습니다. 우린 밤 샌 게 아니라 늦은 저녁까지 마셨을 뿐입니다. 그치, 김 검사!"

박태화 검사의 말에 김종철 검사가 크게 고개를 끄덕인다.

"맞아요! 그런데 권 사무간님."

"저, 사무간 아니고 사무관인데요."

"췟! 알았어요. 사무관님! 근데 앞으론 우리 출근 시간에 출근하지 말아요."

"네? 왜요?"

"솔직히 눈꼴시려 볼 수가 없습니다. 다정해도 너무 다정한 거 아닙니까? 다정한 건 침대에서나……."

"어이! 김 검사, 미쳤어? 권 사무관님, 어서 들어가십시오. 이 친구가 아직 술이 덜 깼나 봅니다."

심계섭 검사가 얼른 들어가라는 듯 손짓한다.

"네에. 알았어요!"

지현은 고개를 꾸벅 숙여주고는 사무실 쪽으로 발걸음을 옮겼다. 그런 그녀의 뒷모습을 보는 네 사내의 입은 헤 벌어져 있다. 꿈에서도 그리던 여인이다.

얌전하고, 똑똑하고, 아름답고, 섹시하고, 우아하고, 부드러운 여인이다. 남의 여자가 되었지만 뒷모습만이라도 눈에 담아두려 바라보고 있는 것이다.

"후후……!"

룸미러로 일련의 상황을 지켜본 현수는 나직한 웃음을 지으며 액셀러레이터를 힘주어 밟았다.

부우우웅—!

노란색 스피드는 서초동을 떠나 천지건설 본사 쪽으로 이동했다.

이 차의 뒤로 육군, 공군, 해군의 경호요원들이 따른다.

레드마피아가 파견한 전직 스페츠나츠들과 토탈 가드 소속 경호원들, 그리고 국정원에서 보낸 요원들은 지현을 보호하기 위해 남아 있다.

강남역 사거리를 지날 즈음 휴대폰이 진동한다.

부르르르, 부르르르—!

현수는 귀에 꽂은 블루투스의 스위치를 눌렀다.

"음! 여보세요."

"아! 부사장님."

"박 과장님?"

"네, 박진영 과장입니다. 지금 통화 괜찮으십니까?"

"운전 중이지만 통화는 가능해요."

"그렇다면 보고 드립니다. 방금 아제르바이잔에서 연락이 왔습니다. 조속한 시일 내에 만나 뵙기를 청합니다."

"아! 그래요? 그 사람은 누구죠?"

"일함 알리예프(Ilham Aliyev) 대통령님 비서실에서 연락이 온 겁니다."

"누구요?"

"아제르바이잔 대통령님이요. 대통령 비서실장께서 직접 연락해 주셨습니다."

"그래요? 박 과장님은 누구와 접촉한 겁니까?"

"자한지르 아디고자로브(Jahangir Adigozalov) 석유공사 부과장입니다. 실무자지요."

2013년 12월 서울 메리어트 호텔에서 『제3차 국제에너지협력 심포지엄』을 개최되었다.

대한민국 외교부와 산업통상자원부의 공동작업이었다.

이때 자한지르 과장이 참석하여 의제발표를 하였다. 박 과장은 그의 연락처를 백방으로 수소문하여 선을 댔다. 그리곤 그를 만나기 위해 직접 아제르바이잔까지 다녀온 바 있다.

"언제까지 오랍니까?"

"최대한 빨리 와주길 희망한답니다."

"알겠습니다. 그 밖의 사항은요?"

"현재로선 이게 가장 시급한 사항입니다."

"좋아요, 지금 회사로 가는 중이니까 잠시 후에 봅시다."

"네, 부사장님!"

통화를 마친 현수는 실소를 지었다.

아제르바이잔은 1992년 구소련으로부터 독립한 공화국이다. 석유와 가스가 많은 자원부국이기도 하다.

인구는 1,000만 명이 되지 못하지만 영토는 86,600㎢이다. 참고로 대한민국은 99,720㎢이다.

"일함 알리예프! 2012년에 서울 핵안보정상회의에 참석하기 위해 김포공항을 통해 입국했지?"

언젠가 읽었던 기사 내용이다. 너무 머리가 좋아져서 웬만한 것들은 다 기억하는 것이다.

"90억 달러를 차관으로 주고 뭘 달라고 할까? 석유나 가스를 달라 할까? 다른 건 뭐가 있을까?"

아제르바이잔은 새롭게 발전하는 나라이다. 찾아보면 할 일은 많을 듯싶다.

현재는 에너지 부문이 수출의 95%, GDP의 50%, 재정수입의 60%를 차지할 만큼 산업구조의 편중이 심하다.

하여 구조적으로 국제유가 변동에 취약성을 안고 있다.

세계의 경기침체와 맞물려 유가가 하락하면 향후 경제전망이 그리 좋지 못하다.

국제 신용평가사 중 피치가 정한 등급은 BB+이다.

원리금 지급이 불안해질 가능성이 있으므로 투자 부적격이라는 뜻이다.

현재의 대통령은 3선 금지를 폐지하는 헌법개정안이 통과된 후 3선에 성공했다. 장기집권 가능성이 크다는 뜻이다.

다른 국가나 회사라면 몰라도 현수가 관여하게 되면 원리금 미지급이란 문제는 생각할 필요도 없다.

그렇게 되도록 내버려 두지 않기 때문이다.

"흐음! 석유 가격이 하락하면 외화가 줄어들 것이라는 뜻인데 그럼 우리는 뭐를……."

현수는 손톱 끝으로 핸들을 톡톡 두드리며 생각에 잠겼다.

아제르바이잔에 진출해서 달랑 공사 하나만 하고 빠져나올 생각이 없는 것이다.

역삼역을 지난 즈음 휴대폰이 또 한 번 진동을 한다.

부르르르, 부르르르—!

"여보세요."

"현수냐? 나 주영이다. 방금 금융위원회로부터 연락받았는데 이실리프 뱅크 최종허가가 떨어졌단다."

"아! 그래? 잘되었네."

"뭐냐? 이 반응은……!"

너무도 선선히 대꾸해서 그런지 달아올랐던 주영의 음색이 급격하게 가라앉는다.

"우리에게 결격 사유가 없잖아. 그러니 당연히 허가가 떨어질 거라 생각했다."

"너어! 아무튼 시간 내서 좀 들러라. 허가가 떨어졌으니 의논할 일이 많다."

"알았다! 출근했다가 곧바로 가마."

"여기가 니 회사야. 천지건설은 심심해서 다니는 데가 되어야 한다고."

"알았어. 최대한 빨리 갈게. 성질 좀 죽여라."

"하여간 말은……. 너 올 때까지 기다릴 거다. 나 엄청 바쁜 거 알지?"

"최대한 빨리 볼일 보고 갈게. 저쪽 일도 급해서 그래."

통화를 마친 후 이번엔 은행에 관한 생각을 했다.

"빌딩 매입 절차는 다 끝났나? 사람들도 뽑아야 하고, 집기며 보안팀 구성 등 할 일이 태산이겠네."

문득 주영에게 미안한 생각이 든다. 이실리프 뱅크가 설립되는데 중추적인 역할을 맡아야 하기 때문이다.

"곧 결혼할 텐데……. 쩝! 헤드 헌팅을 해야겠군. 그나저나 은행 설립이 허가되었으니 이실리프 자치구마다 해외지점 설치해야겠네."

이제 곧 수많은 사람을 고용하게 될 것이다. 그들에게 지급되는 급여는 가급적 이실리프 뱅크의 계좌로 보내질 것이다.

아울러 달러가 아닌 한화로 지급할 생각이다.

달러화뿐만 아니라 엔화와 위안화의 가치가 동반 폭락될 상황이기 때문이다.

"일은 많고 사람은 없고. 나 혼자 다할 수는 없는 일이니 마법을 적극적으로 써야겠어."

이런저런 생각을 하는 동안 천지건설 본사에 당도하였다. 임원이 된 이후엔 경비실에서 발레파킹[13] 해준다.

하여 현관을 통해 엘리베이터 홀까지 이동했다. 그러는 동안 경비들이 깍듯한 경례를 붙인다.

모두 나이 많은 분이기에 일일이 고개 숙여 답례를 하는 것도 고역이다.

띵-! 스르르르릉-!

"어머! 부사장님."

엘리베이터 문이 열리자 김지윤 과장이 화들짝 놀라는 표정이다. 어디론가 볼일을 보러 내려오던 모양이다.

"어디 가요?"

"네? 아, 네에. 알아볼 게 있어서 외출하려던 차입니다."

"그래요? 그럼 다녀오세요."

현수가 한 발짝 옆으로 비켜서자 김 과장은 얼른 내린다. 하여 엘리베이터에 발을 들여놓자 다시 올라탄다.

---

13) 발레-파킹(프랑스어 Valet + 영어 Parking) : 백화점, 음식점, 호텔 따위의 주차장에서 주차 요원이 손님의 차를 대신 주차하여 줌. 또는 그러한 일.

"안 가요?"

"회의 참석하려구요."

"바쁜 일이 아니었나 보네요."

"석유화학단지 공사를 하게 되면 어떤 일들을 하나 조사해서 보고서 작성하려 했거든요."

지시가 떨어지기 전에 알아서 일하려던 모양이다.

"김 과장님!"

"네?"

"지금 하는 일이 적성에 맞아요?"

"그건 왜……?"

지윤은 무슨 의도냐는 표정을 지었다.

"인사기록 카드를 보니까 학창시절에 상당히 공부를 잘했더군요. 신화중학교와 덕원여고가 어디에 있는지 몰라도 내내 전교 1등이라 기록되어 있었습니다."

"……!"

지윤은 입사 지원할 때 남들과 다른 준비를 했다.

면접관이 확인할 것을 대비하여 중, 고등학교 학생부 사본과 대학교 전학년 성적표를 지참한 것이다.

당시엔 명문대 출신들도 픽픽 떨어지는 판이었다.

요즘도 그렇지만 웬만한 스펙으론 대기업 입사가 몹시 어렵던 시절이었다. 하여 나름대로 발버둥친 바 있다.

이력서 특기사항란에 학창시절 전교 1등 여러 번 경험이라고 쓴 것이다.

예상대로 면접관은 전교 1등을 몇 번이나 했는지 물었다. 이에 백문이 불여일견이라며 성적표를 제출하였다.

중학교 때는 12번의 시험 중 10번 전교 1등을 했다.

고등학교에서도 12번 중 10번이나 차지했다.

대학교 전학년 평점은 A+이다.

이런 특이한 준비 때문이었는지 지윤은 합격통지서를 받을 수 있었다. 덕분에 인사기록 카드에 성적표 사본이 첨부된 채 보관되었다.

그렇기에 지윤의 학창시절 성적을 현수가 알게 된 것이다.

학생부엔 성품에 관한 것도 기록되어 있다.

CHAPTER 10
은행 전무 해볼래요?

품행 단정하고, 정직하며, 매사에 솔선수범합니다.

온화하고, 사려 깊으며, 남을 잘 배려하는 착한 성품입니다. 또한 논리적이며, 이성적이지만 때론 감수성이 깊기도 합니다. 매우 명석하며 타의 모범이 됩니다.

이 정도면 최상의 평가이다. 이 중 정직하다는 것과 사려 깊다는 것을 떠올렸다.

"김 과장님! 천지기획으로 자리를 옮겼지만 아직까지 명확히 정해진 업무가 없어 조금 혼란스럽지요?"

"네? 아, 네에. 솔직히 말씀드리자면 현지건설에 있을 때와 다른 게 거의 없는 상황입니다. 사장님께서 자리를 자주 비우셔서 업무방향 설정도 어렵구요."

"그래서 말인데 한 번 더 자리를 옮겨볼 생각 있어요?"

"네? 어디… 로요?"

김지윤 과장은 뭔지 모를 위화감을 느꼈는지 약간 말을 더듬고 있다.

"뭐, 그렇게 이상한 데 아니에요. 그냥 은행이에요."

다행히도 엘리베이터는 한 번도 멈추지 않고 있다.

"네에? 저더러 은행에서 근무하라고요?"

"은행장을 대신하여 업무 전반을 아우를 두뇌가 필요해요. 김 과장님이 적격인 것 같아서 그래요."

"제가요? 제가 어떻게 은행장을 대신해요?"

지윤의 동공이 급격히 확장된다. 놀랐다는 뜻이다.

평범한 은행 업무를 생각했는데 은행장 대리라니 어찌 놀라지 않겠는가!

"여러 종류의 사람이 포진하게 될 거예요. 서로가 처음 보는 얼굴들이지요. 그들을 컨트롤할 사람이 필요하거든요."

지윤은 사내연애를 하다 깨진 바 있다.

현재는 박진영 과장과 사귀는 사이로 발전하여 상처가 어느 정도는 봉합된 듯하다. 하지만 같은 공간에 현재의 애인과

옛 애인이 있다면 상당히 신경 쓰일 것이다.

또한 남 말하기 좋아하는 사람들의 뒷담화 대상이 될 수도 있다. 이럴 땐 떨어져 있는 게 차라리 나을 것이다.

눈에 띄지 않으면 생각에서도 멀어지는 법이기 때문이다.

“제가 어떻게 은행엘……?”

지윤이 또 말끝을 흐린다. 한 번도 경험하지 못한 일을 하게 될지도 모른다는 막연한 두려움이 엄습한 때문이다.

“김 과장님이라면 아주 잘할 수 있을 거예요. 명석한 두뇌를 믿어보세요. 아셨죠?”

“네? 아, 네에.”

지윤은 저도 모르게 고개를 끄덕이고 말았다.

“임시 직책은 전무입니다.”

“네에? 저, 저, 전무요?”

건설에서 기획으로 자리를 옮기면서 과장으로 일 계급 승진했다.

이런 일은 종종 있기에 별다른 거부감 없이 받아들였다.

오히려 직위가 높아졌다면서 어머니는 무척이나 반기셨다. 급여도 따라서 오르니 일석이조라 생각한 것이다.

하지만 과장에서 곧바로 전무로 승진하는 것은 상황이 다르다. 대기업에서 소기업으로 이직할 때도 이런 파격적인 진급은 없다.

하물며 은행이란다. 천기기획이 대기업 계열사이기는 하다. 하지만 아주 작은 조직일 뿐이다.

그런데 과장에서 차장, 부장, 이사, 상무를 뛰어넘어 곧바로 전무가 되라고 한다. 다섯 계급 승차이다.

대리에서 과장으로 진급된 날도 얼마 되지 않으므로 실제적으론 여섯 계급 승진이나 다름없다.

이쯤 되면 벼락출세이다.

당연히 말이 나오지 않는다. 잠시 얼이 빠진 때문이다.

현수가 지윤에게 전무 자리를 제안한 까닭은 그만한 위치에 있어야 전체를 조망할 수 있기 때문이다.

이실리프 뱅크는 전 직원이 현수와 일면식조차 없다. 뿐만 아니라 서로에 대해서도 모른다.

구심점이 없으면 모래알 같은 조직이 될 것이다.

그렇기에 지윤이 은행장으로부터 전격적인 신뢰를 받고 있음을 나타내기 위함이다. 구심점 역할을 하라는 것이다.

전무라 하면 아무리 나이가 어려도 함부로 대들거나 깔보는 일이 없을 것이라 생각한 것이기도 하다.

"그런데 어떤 은행을 말씀하시는 거예요?"

지윤이 알고 있는 은행은 국민, 신한, 우리, 하나, 외환은행이다. 산업은행과 중소기업은행은 국영이고, 시티뱅크와 스탠다드차타드는 외국계이다.

이들 중 현수가 마음대로 전무 자리를 줄 수 있는 은행은 없다. 그렇기에 의아하다는 표정이다.

그러다 문득 떠오른 생각이 있다.

"혹시 저축은행인가요?"

비교적 적은 자본으로 설립할 수 있고 규모가 작다. 이 정도라면 현수가 사비로도 일으킬 수 있다 생각한 것이다.

"아뇨! 시중은행이에요, 명칭은 이실리프 뱅크입니다. 내가 설립했죠. 이제 막 은행설립 인가가 떨어졌습니다. 하여 태동 단계에 있다고 보면 됩니다."

"아……!"

지윤은 나직한 탄성을 내며 현수를 바라본다. 대체 어떤 능력을 가졌기에 은행까지 설립하는가 하는 표정이다.

"일단은 100개 지점으로 시작할 생각입니다. 각 지점엔 지점장 외 상담직원 2명과 업무보조 1명이 있습니다. 그리고 청원경찰도 1명씩 재직합니다."

잠시 이실리프 뱅크에 대한 설명이 이어졌다.

각 지점에 채용될 인원은 대부분 은행 근무경력이 있는 사람들로 채워질 것이다. 다른 은행에서 구조조정을 당해 실의에 빠져 있던 사람 위주로 뽑으라 하였다.

그들의 실무 경험이 필요한 때문이다.

이 밖에 당장 취업하지 않으면 생계 곤란을 겪게 될 성실한 사람이 있다면 뽑으라 하였다. 주로 업무보조 역할이다.

청원경찰은 특수부대 출신 위주로 뽑되 불량하지 않은 자를 고르라 하였다.

본사에 근무하게 될 보안팀은 울림네트워크 쪽과 협의하라 하였으니 준비가 되었을 것이라 이야기했다.

현수는 이실리프 뱅크에 대한 대강의 이야기를 해줬다.

"그러니까 이실리프 뱅크는 고리사채를 쓰거나 대부업체에서 대출받은 사람 위주로 대출업무만 한다는 거죠?"

"그렇긴 한데 금융위로부터 시중은행 설립인가가 떨어졌으니 직원들 급여통장 정도는 취급하게 될 겁니다."

"직원들이요?"

"이실리프 뱅크 직원과 이실리프 그룹사 직원들입니다."

"이실리프 그룹엔 사원들이 많은가요?"

"많은 곳은 상당히 많을 거예요."

국내뿐만 아니라 몽골, 러시아, 콩고민주공화국, 에티오피아, 케냐, 우간다에 파견될 직원과 현지인 직원들의 수효를 모두 합치면 어마어마할 것이란 걸 김 과장은 아직 모른다.

그렇기에 순진한 얼굴로 물은 것이다.

"계열사라고 하셨는데 어떤 회사들인 거죠?"

"이실리프라는 이름을 쓰는 건 상사, 뱅크, 어패럴, 농산, 축산, 농장, 무역상사, 엔진, 정보, 자원, 트레이딩, 광업, 엔터

테인먼트, 유화가 있어요. 이밖에 천지약품, 울림 모터스, 대한의약품, 대한동물약품 등등이 되겠네요."

"허억! 그, 그렇게 많아요?"

대강 헤아려도 20개는 되는 듯하다.

현수에 대해 정확히 알지 못하므로 이토록 많은 회사를 설립했거나 하려는 중이라는 걸 몰랐다.

들어보니 천지그룹 빰칠 정도의 규모이다.

"회사 명칭이 그렇다는 거예요. 예를 들어 천지약품의 경우는 콩고민주공화국 천지약품, 에티오피아 천지약품, 우간다 천지약품, 케냐 천지약품, 몽골 자치령 천지약품, 러시아 자치령 천지약품 등으로 법인이 세분화될 거예요."

"헐……!"

할 말을 잃었다는 표정이다.

방금 말한 대로 국가별 법인이 설립된다면 현수가 운영하는 회사 수는 20개가 아니라 100개가 넘을 수도 있기 때문이다.

"그런데 왜 회사를 다니세요?"

자기 회사 놔두고 왜 천지건설에 몸담고 있느냐는 뜻이다.

이에 현수는 싱긋 웃음 지었다.

"월급 많이 주잖아요."

"네?"

생각해 보니 월급을 많이 주기는 한다,

연봉 300억이니 월 25억 원이다. 연말에 임원들에게 지급하는 성과급까지 생각해 보면 엄청난 수입이다.

그렇기에 멍한 시선으로 현수를 바라본다. 상상도 할 수 없는 급여를 받고 있음을 새삼 자각한 것이다.

"천지건설은 제 첫 직장입니다. 그래서 그런지 그만두고 싶은 마음이 없어서 계속 다녀요."

"아!"

김지윤 과장은 나직한 탄성을 낸다. 그러다 문득 생각났다는 듯 눈빛을 빛내며 시선을 준다.

"참, 이실리프 뱅크의 예금과 대출 금리는 어떻게 돼요?"

"예금의 경우는 직원들만 받을 거예요. 외부인은 당분간 받지 마세요."

"네? 왜요? 외부에서 자금이 조달되어야 그걸로 대출하잖아요. 예 · 대 마진차가 은행이 운영자금 아닌가요?"

"대부분은 은행은 그러한데 이실리프 뱅크는 그렇지 않아요. 그냥 내가 운용할 수 있는 돈으로 대출을 할 겁니다."

"그러려면 엄청난 자본이 있어야……."

김 과장의 말은 이어지지 못했다.

"초기 자본금은 5조 400억 원이에요. 추가로 100조 원까지도 자본이 늘 수 있어요."

"네에? 어, 얼마요?"

김 과장의 눈에 흰자위가 엄청 많아진다. 눈을 크게 떠서이다. 물론 몹시 놀란 때문이다.

“제가 개인적으로 외부에서 끌어들인 돈으로만 은행이 운영될 겁니다. 그러므로 예금을 받을 필요 없다는 뜻이에요.”

“헐! 100조 원이라니요?”

김지윤 과장은 얼이 빠진 표정이 되었다. 그러거나 말거나 현수의 설명이 이어졌다.

이실리프 뱅크는 직원들 이외엔 예금을 취급하지 않는다. 정기예금이나 정기적금 상품은 없다.

오로지 자유입출금 통장만 사용하는데 금리는 2%이다. 타행환 및 계좌 간 송금 수수료는 없다.

이밖에 통장재발급, 타행환, 명의변경, 사고신고, 부도처리, 수탁어음 반환 수수료 등도 일체 받지 않는다.

ATM 기기는 아예 없으니 논외이다.

대출의 경우는 애초의 계획을 약간 수정했다.

돈을 벌자고 은행을 설립한 것이 아니라 고리사채로 고생하고 있는 서민들을 돕자는 취지이다. 또한 국내에 들어와 있는 일본계 자금을 밀어내기 위함이기도 하다.

그렇기에 대출 금리를 조금 내리려는 것이다.

2014년 2월 현재 시중은행들의 신용대출 금리는 4.26~12.07%이다. 신용등급에 따른 차등금리가 적용된다.

캐피탈의 경우는 23~25%이다. 저축은행은 최소가 30%이며, 대부업체는 대부분 39% 수준이다.

불법 고리사채의 경우는 상상을 초월하는 이자를 받기도 한다. 연 2,000%를 받는 곳도 있으니 말 다했다.

이들은 고리의 이자를 챙기면서도 연체 시 채무자의 약점을 이용하여 부당한 방법으로 빚 독촉을 하기도 했다.

어쨌거나 이실리프 뱅크는 신용등급에 관계없이 일률적으로 4.5%를 신용대출 금리로 책정한다.

애초엔 6%를 생각했다. 이전에 생각했던 것보다 금리를 25%나 줄인 건 불법 대부업체나 고리사채에 시달리는 사람들을 돕기 위함이다.

따라서 당분간은 기존에 금융기관으로부터 대출받은 사람들 우선으로 대출해 준다.

과다한 이자 때문에 등골이 휘고 있는 서민들을 구제하려면 이런 방법이 최선이라 판단한 것이다.

아무런 담보 없이, 연대보증인 입보 없이, 보증보험 가입 없이 오로지 대출신청서 사인 하나로 대출해 줄 예정이다.

"그렇게 해주면 상환율이 떨어지지 않을까요? 어찌 보면 거의 공짜나 마찬가지라 여길 수도 있잖아요."

"사람들을 믿어봐야죠."

"……!"

사람들이 돈을 빌려가고 갚지 않으면 은행은 파산한다. 이건 아무리 돈이 많아도 정해진 수순이다.

100조가 아니라 100경을 쏟아부어도 같은 결과가 나온다.

그런데 너무도 태연하다.

사람들을 믿어보자는데 요즘 같은 불신의 시대에 어찌 사람들의 양심만 생각하겠는가!

김지윤 과장의 이런 생각은 지극히 당연한 것이다. 그러나 현수는 생각이 다르다.

이실리프 뱅크 직원들에겐 사원증이 배부될 예정이다. 이것엔 절대충성 마법진이 그려져 있다.

이걸 패용하고 있으면 은행에 해가 되는 일을 하지 않게 될 것이다. 하여 지점마다 고용될 청원경찰은 고객 안내 이외에도 직원들의 사원증 패용을 독려하는 역할이 맡겨진다.

이건 사규로 정해질 일이다.

대출심사를 받기 위해 창구에 온 사람들이 앉는 의자엔 양심을 속이지 못하는 '올 웨이즈 텔 더 트루스 마법진' 이 그려진다. 항상 진심만을 이야기하게 하는 마법이다.

현수는 본인을 무고했던 변병도의 부친인 국회부의장 변의화에게 이 마법을 적용시킨 바 있다.

그 결과 경찰 앞에서 그간 저질러온 온갖 부정부패를 스스로 자백했다.

진실이 백일하에 드러나자 그의 악행을 돕던 두 명의 보좌관 정주철과 박인수는 교도소로 직행했다.

뿐만 아니라 여러 속 시커먼 국회의원이 동반하여 몰락하는 결과를 야기했다.

조사하던 검사도 놀랄 정도로 하나도 숨김없이 완전히 까발려졌고, 본인의 진술을 끝까지 인정하였기에 판사는 봐주고 싶어도 봐줄 수 없었다.

이 마법에 걸리면 본인에게 불리한 것까지 있는 그대로 말하게 되기 때문이다.

본래는 고문 없이 적국의 간세로부터 정보를 얻기 위해 만들어진 것인데 이토록 유용하게 쓰이게 된다.

그러므로 애초부터 갚을 의도가 없거나, 능력도 없으면서 돈만 빌리려고 온 사람들은 이 과정에서 걸러질 것이다.

의자 자체에 그런 기능이 있다는 것을 모르는 상태이기에 내심을 그대로 토로할 것이기 때문이다.

따라서 지윤이 걱정하는 것처럼 상환율이 낮아져서 은행이 파산하는 일은 결코 빚어지지 않을 것이다.

오히려 온갖 안전장치를 설정하고 대출해 주는 시중은행보다도 상환율이 더 좋다.

이를 굳이 수치로 표현하자면 다음과 같다.

시중은행　　담보대출 상환율 : 96.90%

이실리프 뱅크 신용대출 상환율 : 99.99%

나머지 0.01%는 목숨을 잃는 등의 불의의 사고 등으로 경제능력이 0가 되는 경우뿐이다.

나중에 일어날 일이지만 법원에서 파산선고를 받고도 원리금 및 이자를 납부하는 사람이 있게 된다.

자신이 어려울 때 도움준 것을 잊지 못해 다른 빚은 갚지 않더라도 이실리프 뱅크의 대출금만은 상환하려는 것이다.

"정말 저를 전무자리에 앉히시려는 거예요?"

"아까도 말씀드렸지만 은행장을 대신한 임시예요."

"아! 네에. 그런데 은행장은 어떤 분이신가요? 혹시 사장님이세요?"

현수는 대답 대신 고개를 끄덕여 주었다.

"……!"

1차 자본금 5조 400억짜리 개인설립 은행장임을 인정했다. 어찌 말이 나오겠는가!

게다가 추가 자본금으로 100조 원도 가능한 듯 이야기했다. 당연히 할 말이 없다. 대신 고개를 끄덕였다.

은행이 본궤도에 오를 때까지 견인차 역할을 착실하게 해달라는 뜻으로 받아들인 것이다.

띵 !

엘리베이터가 34층에 멈췄다.

이 층의 절반은 천지기획 본사로 사용되고, 나머지 절반은 천지건설 기획영업단이 쓴다.

"안녕하십니까? 단장님!"

"어서 오십시오, 부사장님!"

"안녕하세요? 사장님!"

엘리베이터 홀 곁의 자판기 앞에 있던 여직원들이 얼른 인사를 한다. 하나는 기획영업단 소속이고, 다른 하나는 기획 소속이라 칭호가 다르다.

"네에, 좋은 아침입니다."

가볍게 웃는 얼굴로 고개를 끄덕여 주곤 기획영업단 쪽으로 걸음을 옮겼다.

"어서 오십시오. 부사장님!"

"안녕하세요? 부사장님!"

현수가 들어서자 박진영 과장을 비롯한 직원들이 하던 일을 멈추고 예를 갖춘다.

"모두들 좋은 아침입니다."

단장실로 들어서자 김지윤 과장이 커피를 내온다.

"비서가 없으니 김 과장님이 고생이네요. 과장급이면 이런 거 애저녁에 졸업했을 텐데 말이죠."

"아닙니다. 제가 좋아서 가져온 거예요. 신경 쓰지 않으셔도 됩니다."

김지윤 과장이 고개를 저을 때 박진영 과장이 들어선다.

"단장님! 보고 드려도 되겠습니까?"

"네, 그러세요."

"아제르바이잔 대통령 비서실장이 전하길 최대한 빨리 와달라고 합니다. 말하는 뉘앙스로 판단컨대 저희가 제안한 90억 달러 차관이 결정적인 듯합니다."

"그래요?"

"그런데 90억 달러 차관은 어떻게……? 우리 회사에 그만한 재원이 있는 겁니까?"

천지건설이 현수 덕분에 아주 잘나가는 것은 주지의 사실이다. 하지만 10조 원이 넘는 여유가 있다고는 확신할 수 없다. 천지건설의 부사장이니 일개 과장은 모르는 뭔가가 있을 수도 있다. 그게 뭔지 궁금했던 것이다.

"그건 내가 알아서 할 일입니다. 회사에서 부담하는 거 아니니 박 과장님은 신경 끄셔도 됩니다."

"네에? 그럼 그 많은 돈을 단장님이 준비한다는 겁니까?"

"네, 그럴 재원이 있으니 걱정 마세요."

현수가 한 말의 배경엔 피터 로스차일드가 있다. 아제르바이잔에 필요한 90억 달러를 지불해 줄 인간이다.

물론 그에 합당한 금괴를 지불하기는 한다. 하지만 그건 일정 시간이 지나면 아공간으로 고스란히 돌아올 것들이다.

뿐만 아니라 근처에 있는 것들까지 함께 온다. 피터 로스차일드는 이번에도 엄청난 돈을 잃을 예정인 것이다.

"그나저나 우리의 경쟁 상대는 누구입니까?"

"아! 네에. 지나의 건축공정총공사와 동북연화공정 유한공사 컨소시엄, 미국의 벡텔과 일본 미쓰이화학 컨소시엄이 마지막까지 남아 있습니다."

모두들 쟁쟁한 명성을 가진 건설사와 엔지니어링이다.

"아! 그래요?"

현수는 눈썹을 치켜 올렸다.

지나와 미국, 그리고 일본을 상대로 수주전을 벌이고 있다면 결코 패해선 안 된다 여기기 때문이다.

"우리가 90억 달러 차관조건을 제시했다는 걸 알면 그들도 같은 조건을 들고 나올 겁니다. 그럼 확신할 수 없게 됩니다. 최대한 빨리, 전격적인 계약을 하는 것이 유리합니다."

박진영 과장은 긴장되는지 상기된 표정이다. 이번 일의 실무자는 누가 뭐라 해도 박 과장이다.

자료조사부터 시작하여 현장답사까지 샅샅이 누볐다. 이번 일이 성사되도록 야근을 밥 먹듯 했다.

"아마도 그렇겠지요?"

현수가 말을 더 이으려 할 때 노크 소리가 들린다.

똑, 똑, 똑—!

"단장님! 과장님!"

노크와 함께 문을 열고 들어선 이는 황만규 주임이다.

"황 주임! 지금 단장님께 중요한 보고 중입니다."

박 과장이 짐짓 엄한 표정을 지었으나 황 주임은 이를 무시하고 입을 연다.

"단장님! 큰일 났습니다. 저쪽에서 지나와 미국 모두에게 정보를 흘렸다고 합니다."

"뭐라고요? 방금 뭐라 했습니까?"

박 과장의 고성에도 황 주임은 흥분하지 않고 대꾸한다.

"저쪽 실무자 중 누군가가 지나와 미국, 그리고 일본 쪽에 정보를 흘렸다고 합니다."

"이런 빌어먹을! 어떤 개자식이……!"

박 과장이 서류를 집어던질 듯 휘두르며 투덜거릴 때 황 주임의 보고가 이어진다.

"미국과 지나, 그리고 일본에서 확인한 바에 의하면 두 컨소시엄 모두 90억 달러를 차관을 주선하고 있답니다."

털썩—!

박 과장은 무릎에서 힘이 빠졌는지 소파에 주저앉는다.

천지건설이 크긴 했지만 지나건축공정총공사나 벡텔에 비

하면 명성도 떨어지고, 넝지도 찍다.

엔지니어링 분야는 말할 것도 없다.

동북연화공정 유한공사와 미쓰이화학은 석유화학 분야에 상당한 기술이 축적된 검증된 회사들이다.

반면 천지건설은 석유화학단지 건설 경험조차 없다. 엔지니어링 분야는 당연히 백지 상태이다.

같은 조건이 되면 수주전에서 밀릴 확률이 매우 높다. 아니 높은 정도가 아니라 필패 상황이다.

그렇기에 저도 모르게 다리에서 힘이 풀린 것이다. 그러거나 말거나 현수의 시선은 황 주임에게 향해 있다.

"그래서 계약이 성사되었다고 하나요?"

"아뇨. 아직은 아닙니다. 하지만 현지 분위기로는 우리가 아닌 둘 중 하나로 결정될 거라고 합니다."

"흐음, 그래요? 그럼, 서둘러 가봐야겠군요. 알겠습니다. 현지까지 티켓팅 해주세요."

"알겠습니다. 그런데 누구와 동반하실 건지요?"

"박 과장과 황 주임만 같이 갑시다."

"알겠습니다."

황만규 주임이 나간 후에도 박 과장은 자리에서 일어서지 않는다. 이제 다 틀렸다는 표정으로 앉아 있었던 것이다.

그러거나 말거나 전화기를 들었다.

띠리리링~! 띠리링~!

"네에, 회장님!"

"에구, 그렇게 부르지 말라니까요."

"핫핫! 회장님 맞으시면서 왜 이러십니까?"

울림 모터스의 박 대표가 짐짓 너스레를 떤다.

"엔진 준비해 주면 잠시 후에 가겠습니다."

"아! 그런가요? 알겠습니다."

"오늘 손볼 게 얼마나 되죠?"

"분해 작업이 된 건 470개입니다. 작업하시는 동안 260개가 더 준비될 겁니다."

"알았어요. 잠시 후에 뵙죠."

전화기를 내려놓으니 그제야 박 과장이 일어선다.

"박 과장! 힘내세요. 아직 끝난 거 아니잖아요."

"네에, 그렇지요."

대답은 했지만 왠지 맥 빠진 표정이다. 그리곤 슬그머니 밖으로 나간다.

CHAPTER 11

신성력 + 정령력

"흐음, 일단 그것들을 확인해야겠군."

현수는 지하 주차장으로 내려가 차를 몰고 밖으로 나갔다. 그리곤 한적한 골목에 차를 대놓고 주변을 살폈다.

CCTV가 있는지 확인한 것이다.

"없군. 텔레포트!"

현수의 신형이 나타난 곳은 천지건설 창고이다.

"어디 보자! 다 되었을까? 아! 저기 있군."

창고 곁에는 컨테이너 3개가 나란히 놓여 있다. 현수가 특수제작을 의뢰한 것들이다.

"아공간 오픈! 입고."

말 떨어지기 무섭게 3개의 컨테이너가 사라진다. 다음엔 창고를 열어 안에 담긴 것들을 모조리 아공간에 담았다.

리어카와 일륜차, 그리고 각종 농기구와 우물펌프 등이다. 아울러 PP박스에 담긴 STS 철판들도 넣었다.

잠시 후, 천지건설 창고는 텅 비었다.

각종 물품들을 가져다 놓을 땐 여러 대의 트럭과 지게차가 분주히 오갔고, 시간도 많이 걸렸다.

그런데 그런 장비 하나 없이 불과 몇 분 만에 싹쓸이 되었다. 과연 마법이 편하긴 하다.

"좋아, 다음은… 흐음! 좌표확인, 텔레포트!"

이번에 이동한 곳은 대형 하수관로이다.

"흐음, 어디 보자. 어휴~! 아직도 이렇게 많아?"

이곳저곳에 설치해 놓은 쥐 채집 틀마다 시커먼 것들이 우글우글거린다.

"아공간 오픈! 입고."

"어휴~! 냄새. 이거 무슨 냄새지요? 그리고 여긴 어디에요? 우웩! 이 징그러운 것들은 대체 뭐예요?"

아리아니는 대체 여기가 어디냐는 표정이다.

그리고 하수도와 쥐 채집 틀에서 풍기는 악취가 싫다는 듯 코를 잡고 있다.

"여긴 하수관로라는 곳이야. 사람들이 쓰고 버린 물이 흘러가는 곳이지. 그리고 저건 쥐들이야."

"어휴! 냄새나고, 더럽고, 징그러워요. 어서 나가요."

"그래, 잠시만……."

현수는 몇 번의 텔레포트를 하여 쥐 채집 틀을 모두 회수했다. 틀 하나당 10만 마리 이상 담겨 있으니 200만 마리 이상 잡은 셈이다.

"이렇게 몇 번만 더 하면 서울의 쥐는 씨가 마르겠네."

"엥? 이렇게 많은데도 아직도 더 있다구요?"

"사람이 많이 사는 곳이라 쥐들도 많아. 자, 이제 가자."

"그걸 다 잡을 거예요?"

"일단은 그럴 생각이야. 해롭기만 하거든."

아리아니는 현수의 어깨에 앉아 계속해서 쫑알거린다.

"이거 다 잡으면요?"

"다 잡으면 낙동강 하류지역에서 서식한다는 뉴트리아를 잡으러 가야지."

"엥? 뉴트리아는 또 뭐예요?"

"쥐같이 생긴 건데 엄청 큰 거야. 낙동강 하류 습지에 산다는데 10만 마리 이상 있나봐."

"우와! 많네요. 근데 얼마나 커요?"

"나중에 자세히 설명해 줄게. 지금은 갈 데가 있거든, 거기

도착하면 일 끝날 때까지 근처에서 놀고 있어."

"호호, 좋아요!"

"좋아, 텔레포트!"

다음으로 텔레포트한 곳은 울림 모터스가 있는 경기도 광주이다. 현수가 사무실 문을 열고 들어서자 박동현 대표가 반색하며 일어선다.

"아! 어서 오십시오."

"네에. 얼굴 좋네요. 어디죠? 엔진 있는 곳이?"

"뭐 그리 급하십니까? 차부터 한잔하시고……."

박 대표의 말은 중간에 잘렸다.

"아닙니다. 빨리 처리하고 가봐야 해요. 어쩌면 오후에 출국해야 할지 몰라서 그렇습니다."

"아! 그렇습니까? 그럼 이쪽으로……."

박 대표가 안내한 곳은 커다란 공장이다.

대지 면적 30,000여 평인 이곳에 여러 개의 공장동과 창고동이 조성되는 중이다.

그중 하나는 거의 완공 상태인 듯 보인다.

"제법 크네요."

"네! 회장님 말씀대로 연간 100만 대 이상의 엔진을 생산하려면 이 정도는 돼야 할 것 같아서요."

"그렇겠네요."

현수가 고개를 끄덕이자 공장 문이 열린다.

"어서 오십시오. 회장님!"

공장 안에서 우르르 나온 사람들은 거의 모두 머리가 허옇다. 기존 엔진공장에서 정년퇴직한 사람들이라 한다.

"처음 뵙습니다. 김현수입니다."

"이렇게 뵙게 되어 영광입니다. 한찬수라 합니다."

선두에서 머리를 숙인 이 역시 백발이다.

"한 공장장님은 H 자동차 엔진공장에 재직하실 때 공장장을 하셨던 분입니다."

"아! 그러십니까? 반갑습니다. 앞으로 잘 부탁드립니다."

"아이고, 무슨 말씀을! 할 일 없어 놓고 있던 우리를 고용해 주셨는데 오히려 저희가 잘 부탁드려야죠. 감사합니다."

"아뇨! 이렇게 와주셔서 오히려 제가 더 감사하죠."

모두와 악수를 하며 인사를 마치곤 곧장 공장 안으로 들어갔다. 온통 분해된 엔진으로 그득하다.

지금껏 납품받은 엔진을 분해해 놓은 것이다.

"나머지는 다른 동에서 분해될 겁니다. 회장님!"

"알겠습니다."

고개를 끄덕이자 박 대표가 다소 미안하다는 표정이다.

"그런데 매번 이렇게 직접 하셔야 하는 겁니까? 혹시 기술이 외부로 샐까 봐 그러시는 건가요?"

"아직은 그래요. 하지만 우리 공장이 완성되면 조립라인에서 직접 처리될 수 있도록 할 생각입니다."

현수는 혼자서 처리하지 못할 일이라는 생각을 했다. 하여 마법의 힘을 빌 생각이다.

이실리프 엔진의 사원들에게도 절대충성 마법진이 그려진 사원증이 배부될 예정이다.

지나 국안부 제3국에서 가져온 자료 가운데에는 세계 유수의 자동차 메이커의 기술도 포함되어 있다.

그중엔 Mercedes, BMW, Audi, Saab, Toyota, GM, Honda, Ford, Porsche, Nissan 등의 자료도 있다.

이것들은 이실리프 엔진 개발실에 제공될 것이다.

결코 외부로 새어 나가선 안 될 기밀자료들이다. 출처를 물으면 대답할 말이 없기 때문이다.

아울러 사원 가운데 일부는 마법진 부착작업을 하게 될 것이다. 그렇게 하여 조립이 끝나면 한곳에 모아놓고 활성화 마법만 구현시키면 된다.

이것 역시 외부로 알려져선 안 될 일이다.

따라서 사원들의 절대적인 협조가 필요하기에 절대충성 마법을 사용하려는 것이다.

"아! 알겠습니다. 그럼 수고 부탁드립니다."

누군가 보고 있는 것을 꺼리는 것을 알기에 박 대표는 직원들을 데리고 물러났다. 현수는 즉시 작업에 착수했다.

여러 번 해본 일이기에 전보다 시간도 덜 걸렸다.

470개의 엔진을 손보고도 시간이 남아 결계를 치고 들어갔다. 그 속에서 기밀자료들을 분류했다.

KAI에 줄 자료와 이실리프 엔진에 줄 자료, 대한의약품 등에 줄 것들을 나눈 것이다.

"흐음, 국안부 3국 자료가 이러면 2국이나 1국은 어떤 자료들을 가지고 있을까?"

이때 문득 일본이 떠오른다.

"내각조사처와 법무성 산하 공안조사청(PSIA)에도 자료가 많을 텐데. 흐음! 거기도 한 번씩은 방문해 줘야겠지?"

내각조사처와 더불어 일본 정보기관의 양대 축을 이루고 있는 공안조사청은 아시아의 CIA라는 소리를 듣는 비밀기관이다. 내각조사처는 자체 정보활동을 하지 않고 각 부처의 정보 부서를 관리, 종합하는 역할을 한다.

이에 비해 공안조사청은 자체 정보망을 바탕으로 국내외 첩보활동을 벌이고 있다.

가보면 상당한 자료가 축적되어 있을 것이다.

결계를 풀고 나와 다른 공장에 들어가 260개에 달하는 엔진을 손봐주었다.

밖으로 나오니 박 대표가 피로회복제를 건네며 입을 연다.

"러시아에서 점점 더 많은 주문을 넣고 있습니다. 이대로 가다간 감당하지 못할 지경이 될 수도 있습니다."

다소 걱정스럽다는 표정이다. 아무리 열심히 일해도 주문을 따라가지 못하고 있기 때문이다.

스피드는 매월 5대씩 판매하는 게 목표였다. 그러데 지금은 매월 200대씩 만들고 있음에도 늘 부족하다. 드모비치 상사가 요구하는 물량만 월 500대 수준이기 때문이다.

이실리프 엔진이 가동되기 시작하면 엔진 문제는 해결되지만 다른 부품의 조달엔 애로사항이 있다. 전액 현금으로 결제를 해주고 있음에도 부품 구하기가 어려운 것이다.

"전에도 말씀드렸지만 파워트레인 계통만큼은 자급자족해야 합니다. 새로운 공장을 설립해서라도 해결해야지요."

"네, 그래야지요. 그래도 문제입니다."

울림 모터스는 최근 몇 개월간 내수판매를 못했다. 모르는 사람들은 울림 모터스가 완전히 망한 것으로 알 정도이다.

그런데 지금은 통신이 발달된 세상이다.

얼마 전, 울림 모터스가 제작한 스피드의 연비가 상상을 초월한다는 기사를 러시아 국영TV에서 보도한 바 있다.

그쪽 전문가들의 시험 결과 휘발유 1리터로 시내주행 시 112㎞, 고속도로의 경우는 166㎞를 달린다는 내용이다.

운전자는 평범한 시민 10명이었다. 각기 운전습관이 다르기에 평균 연비를 산출해 낸 결과이다.

그날 이후 빗발치는 문의가 있었다.

이에 울림 모터스는 당분간 내수판매를 하지 못한다는 답변을 반복했다. 드모비치 상사로 보낼 물량조차 생산하지 못하는 상황이기 때문이다.

그러자 인터넷상에서 성토당하는 분위기이다.

세계 최고의 연비를 가졌는데 왜 내수판매를 하지 않고 수출만 하느냐는 것이다. 다시 말해 왜 남 좋은 일만 하느냐며 울림 모터스를 씹고 있다.

그런데 방송이 나간 이후 국내 자동차 메이커 중 하나가 러시아에서 스피드를 긴급 공수하였다.

국내로 다시 들여온 스피드는 완전히 분해되었다. 그리곤 러시아 국영TV의 보도가 오보임을 소문냈다.

그날 이후 현금을 줘도 부품 구하기가 어려워졌다. 모르긴 몰라도 견제가 시작된 듯하다. 하여 박 대표는 안절부절 상태로 매일 부품조달을 확인하느라 여념이 없었던 것이다.

"구하기 어려운 부품이 어떤 것들인지 목록과 샘플을 준비해 주세요. 설계도를 구할 수 있다면 그렇게 해주시구요."

"……?"

"다른 곳에 공장을 설립해서라도 만들어야지요."

"아! 네에. 알겠습니다. 근데 이러다 우리가 부품 전부를 생산하게 되는 거 아닙니까?"

자동차는 약 2만 개의 부품으로 조립된다. 그 많은 걸 어찌 다 생산하느냐는 표정이다.

"구하기 어려운 상황이라면 그렇게 해야 하지 않겠습니까? 방법이 있을 겁니다. 그러니 너무 걱정하지 마십시오."

"그래도 너무 많아서……."

엄두가 나지 않는 모양이다.

"하여간 그 문제는 제가 어떻게 해보죠."

"알겠습니다. 회장님만 믿겠습니다."

박 대표는 지고 있던 무거운 짐을 덜기라도 한 듯 후련한 표정을 짓는다.

같은 순간, 현수는 북한에 공단설립을 생각하고 있다.

'흐음! 이실리프 기계공업단지라는 이름을 붙여야 하나?'

평안남도 안주군 일대에는 조만간 이실리프 유화단지가 조성될 예정이다. 그런데 북한으로부터 제공받을 토지는 필요한 것보다도 훨씬 넓다.

만일을 위해 그렇게 요구한 결과이다. 그 근처에 자동차 부품 생산단지를 만들어볼 생각한 것이다.

북한의 기계공학 기술은 남한 못지않다.

로켓발사 기술의 경우는 오히려 더 뛰어나다. 따라서 재료와 설계도만 공급되면 부품을 만들어낼 수 있을 것이다.

북한의 노동자들은 상대적으로 임금이 저렴하다. 그러므로 가격 경쟁력을 갖추게 되어 더 많은 이득을 얻을 수 있다.

그렇게 하여 북한의 경제상황에 일조하면 통일비용이 줄어드는 것이니 여러모로 이득이 된다.

"뭘 그렇게 골똘히 생각해요?"

현수가 상념에 잠겨 있을 때 아리아니가 속삭인 말이다.

"응, 여긴 아르센 대륙보다 훨씬 복잡한 세상이거든. 그래서 생각할 게 많아서 그래."

"그나저나 아공간에 있는 녀석들은 어떻게 할 건데요?"

"아차!"

현수는 쥐들에게 공급된 산소가 부족할 수도 있다는 생각을 했다. 하여 화장실로 향했다.

"트랜스퍼 디멘션!"

샤르르르릉―!

현수의 신형이 또 사라졌다.

"아공간 오픈!"

"후와, 거기 있다 여기 오니 확실히 공기가 다르네. 어라! 이건? 디오나니아잖아요?"

아리아니가 놀랍다는 표정을 짓는다. 육식식물인 디오나

니아는 군락을 이루며 살기는 하지만 개체수가 많지 않다.

먹이가 풍부하지 못하기 때문이다.

그런데 오아시스 주변이 온통 푸르다. 디오나니아의 개체수가 확연히 늘어난 때문이다.

아리아니가 놀라고 있을 때 현수는 아공간에 담긴 쥐 채집틀을 꺼내서 열었다.

"우웩~! 냄새. 크으으으!"

얼른 코를 막고 멀찌감치 달아난다.

그와 동시에 굶주린 쥐 떼가 디오나니아 서식지 한복판을 향해 전력질주하기 시작하였다.

그곳에서 비린내가 나기 때문이다.

펄럭! 펄럭! 펄럭~! 펄럭—!

200만 마리의 쥐 떼가 새까맣게 바닥을 덮으며 이동하기 시작하자 디오나니아 잎사귀들이 격렬하게 움직인다.

당연히 바람이 일기에 악취가 풍긴다.

"크웨엑~! 또 더러운 냄새!"

아리아니는 더 멀리 물러나며 고개를 좌우로 젓는다.

디오나니아 서식지 중심에 쌓인 라니야와 얀디루를 향해 달려가던 생쥐들은 느닷없는 잎사귀에 싸인 채 찍찍거린다.

20개 방위에서 중심부를 향해 일제히 달려들지만 생선 맛을 보는 녀석들은 얼마 되지 않는다.

디오나니아들의 맹활약 덕분이다.

"근데 왜 애들한테 먹이를 주는 거예요?"

"이 녀석들 잎사귀가 대량으로 필요해서."

"아……!"

키워서 잡아먹는다는 개념이 이해된 듯 나직한 탄성을 토하곤 현수의 어깨 위로 살포시 앉는다.

"이렇게 많은 디오나니아는 처음이에요."

"그치? 전보다 훨씬 더 많아졌어."

"전에도 이런 먹이를 줬어요."

"응! 몇 번 주었지. 그랬더니 개체수가 늘었네. 근데 아직 잎사귀의 크기가 작아. 더 커야 하는데 언제 다 자라지?"

방탄복과 방탄 헬멧을 만들려면 완전히 다 자라야 하기에 한 말이다.

"주인님에겐 가이아 여신의 신성력이 있잖아요. 나하고 합작하면 금방 자라게 할 수 있을 거 같아요."

"뭐라고? 아! 그렇지 참."

가이아 여신의 신성력은 작물 생장에 크게 기여한다는 것을 미처 생각지 못하고 있었던 것이다.

"근데 나하고 합작하면 더 빠르게 자라게 할 수 있어?"

"물론이에요. 여신의 신성력과 내 정령력이 합쳐지면 훨씬 빨리 자랄 거예요. 한번 해볼까요?"

"정말?"

"네, 근데 일단 저 징그러운 놈들 다 잡아먹은 뒤에 해요. 지금은 너무 소란스러우니까요."

"그럴까? 그럼!"

현수는 적당한 곳을 찾아 자리를 잡았다. 그리곤 아공간에 담긴 당근 주스와 식혜를 주었다.

달착지근해서 그런지 좋아하는 듯했기 때문이다.

"헤헤! 주인님은 역시 좋아요."

뚜껑을 열어주자 얼른 받아서 마신다.

그런데 이걸 마실 때는 170㎝짜리 늘씬한 여자의 모습이 된다. 당연히 발가벗은 모습이다. 폴리모프를 할 때 옷 입은 모습으로 되는 건 아니기 때문이다.

"아리아니! 옷 입어. 햇볕 따갑다."

"햇볕이요? 지금은 흐린데요?"

무슨 뜻인지 알아듣지 못한 듯 갸우뚱거리곤 당근 주스부터 마신다. 남세스러웠기에 시선을 돌릴 수밖에 없었다.

"끄응!"

현수는 나직한 침음을 내곤 디오나니아의 생쥐 사냥 모습을 보았다.

식물이지만 동물보다도 더 민첩하다. 가만히 있다가 느닷없이 움직여 생쥐들을 감싸 버린다.

빠져나가려 발버둥치지만 놓치는 녀석은 거의 없다. 놓치더라도 곁에 있는 놈이 잽싸게 잡아챈다.

200만 마리에 달하던 쥐가 어느새 반 이상 사라졌다.

"휴우~! 냄새가 정말……. 여기 있는 생쥐들은 저런 냄새가 안 나는데 왜?"

"더러운 곳에서 살아서 그래. 근데 조금 더 기다려?"

"네, 일단 다 잡아먹고 삭혀서 소화시켜야 하니까요."

"아이구, 그렇게 오랜 못 기다려. 일단 지구로 가자."

"그래요, 그럼! 나중에 오면 되니까요."

"좋아, 아공간 속으로 들어가. 트랜스퍼 디멘션!"

샤르르르르릉—!

현수의 모습이 또 한 번 사라졌다.

그 뒤로도 디오나이아의 생쥐 사냥은 오래도록 이어졌다. 그 결과 단 한 마리도 다른 곳으로 새지 못했다.

지구에 도착하자마자 휴대폰이 울린다. 번호를 확인해 보니 황 주임이다.

"황 주임! 티켓팅 끝났어요?"

"아뇨, 부사장님! 표를 구할 수가 없습니다. 그쪽으로 가는 항공편이 풀로 예약되어 있습니다. 어쩌죠?"

"……!"

"저쪽에선 내일이나 모레쯤 뵐 수 있기를 바란다고 했습니다. 인접국인 이란이나 조지아로 간 다음에 그곳으로부터 육로로 이동하는 걸 알아볼까요?"

"아뇨! 일단 박 과장하고 공항으로 오세요."

"하지만 표도 없는데 어떻게?"

"내 자가용비행기를 타고 갑시다."

"네? 자가용비행기요?"

대체 무슨 소리냐는 듯 소리를 높인다. 현수에게 자가용 제트기가 있다는 건 아직 알려지지 않은 때문이다.

"아무튼 김포공항으로 오세요. 내 비자는 나와 있죠?"

"물론입니다. 알겠습니다. 곧 가겠습니다."

"필요한 건 가서 사면 되니까 일단 몸만 오세요."

"알겠습니다. 바로 출발하겠습니다."

통화를 마치곤 곧바로 윌리엄 스테판에게 전화를 걸었다.

"미스터 스테판! 납니다."

"네에! 보스."

"아제르바이잔으로 긴급 출국합니다. 비행 가능하죠?"

"물론입니다. 바로 공항으로 오십시오. 준비하겠습니다."

윌리엄 스테판은 김포공항 인근 레지던스에 머물고 있다.

스위스에 있는 부인과 아이들이 오면 인근에 아파트를 제공할 예정이다.

현수는 차를 몰아 곧장 김포공항으로 향했다. 가는 동안 해군에서 파견한 경호팀장에게 연락을 취했다.

회사 일로 긴급하게 출국하게 되었음을 알린 것이다. 통화를 마치곤 지현에게 전화를 걸어 같은 내용을 알렸다.

"간 김에 다녀오실 거죠?"

혹시 있을지 모를 감청을 감안하여 목적지와 대상을 구체적으로 밝히지 않는다. 역시 사려 깊은 여자이다.

"그래! 알았어. 혼자 있지 말고 아버님 댁에 가 있어."

"그건 제가 알아서 할게요. 조심해서 다녀오세요."

"그래! 일단 다녀올게."

차를 몰아 공항에 당도하여 주차장에 주차시켰다. 그리곤 윌리엄에게 전화를 걸었다.

"보스! 당도하셨습니까?"

"어디로 가면 되죠?"

"네, 여기는……."

신혼여행을 떠나던 날 출발했던 곳으로 오라고 한다. 얼마 지나지 않아 박 과장이 당도했다.

"황 주임은 왜 안 왔어요?"

"황 주임은 아직 비자가 없습니다. 와봤자 갈 수 없어 회사에 남으라 했습니다."

"그래요? 알겠습니다. 일단 갑시다."

출국수속을 마치고 계류장으로 가자 스테판 기장이 깍듯한 경례를 붙인다.

"어서 오십시오, 보스!"

"이쪽은 우리 회사 직원인 미스터 박입니다. 박 과장, 이쪽은 우리가 타고 갈 제트기 기장인 윌리엄 스테판입니다."

"반갑습니다. 박진영입니다."

"네에, 환영합니다. 자아, 승선하시지요."

셋이 차례로 비행기에 오르자 대기하고 있던 스튜어디스가 예쁜 웃음을 지으며 고개 숙인다.

"어서 오세요."

"아! 참, 스테파니 양입니다. 보스!"

"그래요? 반갑습니다."

"스테파니 베나글리오입니다. 보스!"

눈이 번쩍 뜨일 만큼 대단한 미녀라는 느낌을 받았는지 박 과장이 멍한 시선을 하고 있다.

하지만 스테파니보다 더한 미녀들에게 단련된 현수인지라 싱긋 웃음만 지었을 뿐이다.

"이쪽은 동행인 미스터 박입니다."

"반갑습니다. 스테파니라 불러주세요."

스테파니가 생긋 웃음 짓자 보조개가 쏙 들어간다. 박 과장은 넋이 나갔는지 여전히 멍한 표정이다.

“자, 일단 착석하십시오. 곧바로 출발하겠습니다.”

둘이 착석하고 얼마 지나지 않아 제트기는 활주로를 박차고 허공으로 솟아오른다.

“부사장님! 이게 대체 무슨?”

박 과장은 어찌 된 영문인지 알고 싶다는 표정이다.

“이 제트기는 나하고 친분이 있는 스위스 MSC사의 지왕뤼지 아폰테 사장님이 결혼 선물로 준 겁니다.”

“네에? 그럼 이게 부사장님 자가용 제트기인 겁니까? 이거 Aerion사의 SBJ잖아요.”

“어! 비행기에 대해 좀 아나보네요.”

“그럼요. Supersonic Business Jet를 줄여서 SBJ라고 하잖습니까. 이거 한 대당 860억 원쯤 하는데 그걸 선물로 받으셨단 말씀이십니까?”

“네, 어쩌다 보니…….”

“헐……!”

박 과장은 할 말을 잃었다는 듯 입을 딱 벌린다. 이때 스테파니가 다가온다.

“보스! 음료는 뭐로 준비할까요?”

시계를 보니 점심 먹을 시각이다.

“식사도 돼요?”

“그럼요! 말씀만 하시면 곧바로 만들어드릴게요.”

스테파티가 환히 웃자 박 과장은 스턴 단계에 빠진 듯 멍한 표정이다.

"흐음, 간단한 햄버거면 될 거 같네요. 음료는 알아서 주세요. 박 과장은 뭐 할래요?"

"저요? 저, 저는 알아서 아무거나."

가만 놔두면 침을 질질 흘리는 늑대로 변할 상황이다.

"박 과장! 그렇게 말하면 준비하기 어려워요."

"네? 아! 네에. 그럼 저도 햄버거 부탁드립니다."

"호호! 네에. 잠시만 기다리세요."

스테파니가 물러나는 동안에도 박 과장의 시선은 그녀의 둔부에 꽂혀 있다.

"아무래도 김지윤 과장과 통화를 해야 할 듯하네요."

"네? 아, 아닙니다. 제가 실수했습니다."

박 과장이 단번에 정신 차리는 걸 보면 둘 사이가 꽤 진전된 듯하다.

"하하! 농담입니다. 그나저나 도착하려면 시간이 많이 남았으니 그간 진행된 것들을 브리핑해 주세요."

"네? 아! 네에. 알겠습니다. 잠시만요."

가방에서 노트북을 꺼낸 박 과장은 아제르바이잔 유화단지 조성공사에 관한 각종 자료를 보여주며 설명한다.

과연 최연소 과장으로 승진할 만큼 실력 있음이 느껴지는 브리핑이었다.

"그러니까 우리의 히든카드가 공개되었으니 수주에 어려움이 있을 거라는 게 박 과장의 생각이란 말이죠?"

"아무래도 그럴 것 같습니다. 워낙 쟁쟁하잖습니까."

오라고 했으니 가기는 가는데 아무래도 성과가 없을 것 같다는 느낌인 모양이다.

지나건축공정총공사와 벡텔은 세계적인 건설사이다. 서열로 따지면 세계 5위 안에 든다.

반면 천지건설은 국내에서만 유명하지 외국에선 잘 모르는 회사이다. 당연히 경쟁상대로는 상당히 뒤떨어진다.

그러니 가보았자 별무소득일 것이라 생각한 것이다.

"뚜껑은 열어봐야 하는 겁니다."

"그렇긴 하지요."

박 과장은 시무룩한 표정이지만 대답은 한다. 이때 스테파니가 캐리어를 밀며 다가온다.

"자아, 식사 왔습니다."

생긋 미소 짓고는 둥근 뚜껑을 연다.

CHAPTER 12
아제르바이잔에서

"우와~!"

박 과장의 입이 딱 벌어진다. 평범한 햄버거를 기대했는데 호텔 레스토랑 수준이었기 때문이다.

잠시 후 테이블 세팅이 끝났다.

장미를 꼽은 화병도 있고, 주황색 라벨이 인상적인 피그멘텀 말벡(Pigmentum Malbec)도 있다.

햄버거와 뛰어난 매칭을 보여 북미에서는 햄버거 와인이란 애칭으로도 널리 알려진 것이다.

접시 위에 놓인 햄버거는 롯데리아나 맥도널드에서 파는

것과는 다르다. 두툼한 스테이크가 겉으로 드러나 있다.

드레싱도 예술적이다. 색깔로 보면 초콜릿 시럽인 듯싶다.

이 밖에 감자튀김도 있고 빵도 있다. 그리고 맛깔나 보이는 샐러드가 푸짐하다.

"입맛에 맞기를 바랍니다. 보스!"

"잘 먹을게요. 자, 먹읍시다."

"네."

스테이크를 썰어 입에 넣으니 살살 녹는다. 둘은 아무런 대화 없이 음식을 먹었다. 모양만큼이나 맛이 있었다.

"후식이에요."

스테파니가 가져온 디저트는 시원한 아이스 커피였다.

"흐음! 좋은데요?"

배가 부르니 아까의 낙심을 잊었는지 박 과장이 웃는 얼굴을 보인다.

"음식 솜씨가 좋네요. 모처럼 과식했나 봅니다."

"저도요."

"그나저나 리우 건은 어떻게 진행되고 있습니까?"

"아! 그거요?"

박 과장이 다시 노트북을 펼친다. 그리곤 그간 수집한 자료들을 기본으로 한 설명이 이어졌다.

상당히 많은 자료를 수집했고, 치밀하게 분석한 흔적이 느껴진다. 공사가 끝나면 리우데자네이루 사람들이 들어가 살게 된다. 그들의 입장에 서서 다각적으로 접근했다.

개념 설계도와 조감도도 많이 준비되었다.

하지만 확 끌어당기는 맛이 부족하다. 이 정도는 다른 건설사들도 충분히 준비할 수 있는 것이다.

"이것 이외에도 다른 자료들도 있지만 아직 입력되지 않았습니다. 하여 설명 드리지 못한 것도 많습니다."

"흐음! 현재의 것만으로는 수주에 어려움이 있을 듯합니다. 뭔가 좀 더 획기적인 것이 있어야 하지 않을까요?"

"네, 그런데 그건……."

박 과장은 말끝을 흐린다.

획기적인 아이디어를 어찌 안 찾아보았겠는가!

기획영업단은 사내통신망을 이용하여 천지건설 직원 전체에게 아이디어 공모를 했다. 신형섭 사장까지 나서서 사원 모두 최소 1개 이상의 아이디어를 내라고 했다.

그 결과 정말 별의별 아이디어가 다 나왔다.

그런데 쓸 만한 것은 별로 없고, 대부분 뜬구름 잡는 것이었다. 그게 아니면 누구나 생각할 수 있는 것들이다.

신 사장은 사원교육을 해야 함을 느낀다며 이마를 짚었다. 창의력 부족을 실감했던 것이다.

최종적으로 목록에 오른 건 두 개의 아이디어뿐이다. 그나마 방금 전 설명에 등장했지만 특기할 만하지 못했다.

“리우 건은 시간이 얼마나 있죠?”

“제안서 접수까지 앞으로 두 달입니다.”

“개념설계 포함된 거지요?”

“네, 현재 설계실에서 기본 작업 중입니다. 우리 쪽 안(案)이 확정되면 다음 달부터는 본격적인 제안서 작성이 시작되어야 합니다.”

“흐음, 알겠습니다.”

현수는 고개를 끄덕이곤 구름이 솜이불처럼 깔린 창밖 풍경에 시선을 줬다.

“미스 스테파니!”

“네, 보스!”

현수가 부르자 기다렸다는 듯 발딱 일어선다.

“도착까지 시간이 얼마나 남았죠?”

“운항 예정시간이 11시간이니 도착하려면 아직 멀었습니다. 담요 가져다 드려요?”

의중을 단번에 파악한 듯 환한 웃음을 짓는다.

“그게 좋겠네요.”

잠시 후 현수와 박 과장은 수면안대를 끼고 누웠다. 피곤했는지 채 5분도 지나지 않아 가늘게 코고는 소리가 들린다.

피식 웃고는 스테파니를 바라보았다.

"어머! 왜? 뭐 필요하신 거라도……."

현수는 고개를 저으며 나직이 중얼거렸다.

"슬립!"

"하암, 졸리네요."

털썩-!

자리에서 일어서려던 스테파니가 깊은 잠에 빠져든다.

"슬립!"

이미 잠들어 있던 박 과장에게도 수면 마법을 걸었다. 그리곤 아공간에 담긴 것들을 꺼냈다.

이실리프 마법서를 비롯한 여러 마법서이다.

"흐음, 숙제할 시간인가?"

둘을 피해 결계를 치고 들어가 앉았다. 타임 딜레이 마법도 구현시켰다. 시간의 흐름이 180 : 1로 변한다.

"아! 이렇게 하면……. 쩝, 그러려면 상당한 공간이 필요하네."

가장 먼저 연구한 것은 카피된 항온마법진에 마나석을 박는 마법이다. 한 장씩 펼쳐놓고 마나석이 박히게 하는 것은 그리 어렵지 않았다. 그런데 문제가 해결된 것은 아니다.

한 번에 최소 100만 장 이상은 완성해야 하는데 그걸 하나하나 늘어놓는 데 걸리는 시간과 공간이 문제이다.

하여 허공에 띄워 놓고 마나석이 박혀들게 하는 것을 연구하는 중이다.

그러는 동안에도 제트기는 쉬지 않고 날고 있다.

현수가 결계를 해제한 것은 바깥 시간으로 일곱 시간이다. 결계 안 시간으론 52.5일이나 된다.

"휴우~! 이게 이렇게 어려운 거였나?"

결국엔 항온마법진에 마나석을 박는 마법을 완성시켰다.

비규격인 마나석이 육각형 기둥의 형태로 깎여 허공에 떠 있는 마법진에 박혀들게 하는 것에 성공한 것이다.

이것에 시동어를 외쳐 활성화시키기만 하면 최소 3년간 같은 온도가 유지되도록 할 것이다.

결계 안에서 이 마법 하나만 연구한 것은 아니다.

반중력 마법 역시 연구를 마쳤다. 장소가 협소하여 실험까지 해본 것은 아니지만 이론적으론 완성되었다.

이 마법이 구현되면 아무리 무거운 물체라 할지라도 허공에 떠오른다.

그리고 일정고도가 되면 더 이상 상승하지 않고 멈춘다. 이를 전투기에 적용시키면 수직 이착륙이 가능해진다.

무소음, 무동력이기에 스텔스 기능 또는 투명화 기능만 부여되면 하늘을 완벽하게 지배할 수 있게 될 것이다.

지난해 연말 세트렉아이는 중소형 인공위성 '두바이샛-2호'를 통해 세계에서 처음으로 1m급 초정밀 해상도를 갖춘

위성 영상을 획득하는 데 성공했다.

이 회사는 인공위성 제작기술까지 있다. 발사기술만 부족했다. 하여 러시아의 발사체를 이용했었다.

그런데 이제 그럴 필요가 없다.

세트렉아이에서 위성을 제작하면 반중력 장치를 이용하여 별다른 발사대나 비용 없이 우주까지 띄워 올릴 수 있다.

초정밀 영상까지 얻을 수 있으니 명실상부한 세계 최고의 기술을 갖게 되는 것이다.

"이건 시험해 보면 알겠지."

현수는 반중력 마법에 대한 고찰을 모두 기록해 두었다. 실패할 경우를 대비한 것이다.

이것만 있으면 왜 실패했는지 파악하여 금방 새로운 마법을 만들어낼 수 있게 된다.

"어웨이크!"

"끄응! 하아암! 어머……."

잠에서 깨어난 스테파니는 자신이 잠들었었다는 것에 화들짝 놀란 표정이다. 황급히 현수와 박 과장을 바라본다.

둘 다 잠에 빠져 있음을 확인하곤 얼른 매무새를 가다듬는다. 그리곤 아무 일도 없었다는 듯 기장실 쪽으로 향했다.

"어웨이크!"

"…하아암! 잘 잤네. 으드드드!"

잠에서 깬 박 과장은 습관인 듯 기지개를 켠다. 그러다 현수를 발견하곤 계면쩍은 웃음을 짓는다.

"아! 부사장님……."

"많이 피곤했나 봐요. 코를 아주 심하게 골더군요."

"아! 제가 그랬습니까? 죄송합니다."

"아니에요. 앞으론 쉬어가며 일하세요. 일도 좋지만 건강이 먼접니다. 그러다 김 과장 과부되는 수가 있어요."

"넷? 아, 네에. 앞으론 그러겠습니다."

빙그레 미소 짓는다.

"참! 김 과장 곧 자리 옮기게 됩니다."

"천지기획 사무실이 외부에 마련되는 건가요?"

"아뇨! 이실리프 뱅크로 전직하게 될 겁니다. 내가 스카우트 했거든요."

"이실리프 뱅크요? 은행이잖아요."

소규모 저축은행 쯤으로 생각했는지 별 반응 없다.

"네. 뱅크니까 은행이죠."

"김 과장이 거기서 무슨 일을 하지요? 경험도 없는데."

"전체를 조율할 브레인이 필요해서 스카우트한 거예요. 그러니 그런 줄 알고 계세요."

"아! 네에."

박 과장이 고개를 끄덕이는데 스테파니의 얼굴이 붉어져

서 나온다.

"죄송해요. 배 고프시죠? 조금만 기다리세요."

이번엔 무엇을 먹고프냐고 묻지도 않고 종종걸음으로 사라진다. 어디만큼 왔는지 확인하려 조종실에 갔다가 윌리엄 기장에게 혼난 모양이다.

출발하기 직전에 회사 일로 중요한 회의가 계속될 것 같으니 웬만하면 밖으로 나오지 말라고 했다.

하여 나올 수가 없었다.

그런데 여덟 시간쯤 전에 햄버거를 먹고 아무것도 없으니 배가 고파 여러 번 호출했던 모양이다.

상황을 짐작한 현수는 윌리엄을 불러 같이 음식을 먹었다. 이번 메뉴는 스위스 라클레테[14)]이다.

그릴에 구운 바게트, 버섯, 새우, 소시지, 감자는 치즈와 묘한 궁합을 이뤘다. 윌리엄은 언제 짜증을 냈느냐는 듯 연신 엄지손가락을 치켜들며 맛있다고 야단이다.

박 과장 역시 먹느라 정신이 없다.

다 먹고 나니 팥빙수를 후식으로 내왔다. 입안이 상큼해지는 느낌이었다.

"보스, 곧 도착할 겁니다. 안전벨트를 매주십시오."

윌리엄이 조종실로 들어가고 얼마 지나지 않아 들린 멘트

14) 라클레테(Raclette) : 삶은 감자 등에 녹인 치즈로 맛을 낸 스위스 요리.

이다. 셋은 좌석에 앉아 각자의 안전벨트를 맸다.

잠시 후, 무사히 아제르바이잔의 수도 바쿠(Baku)에 위치한 헤이다르 알리예프(Heydar Aliyev) 국제공항에 착륙했다.

입국수속을 밟으며 바라보니 팻말을 든 사내가 있다. 삐뚤삐뚤한 한글로 천지건설이라 쓰인 것이다.

"바실리는 임시로 고용한 전직 공무원입니다. 이번 프로젝트와 관련 있는 환경천연자원부에 있었습니다."

"그래요?"

박 과장과 시선이 마주치자 바실리는 환한 웃음을 지어 보인다. 이때 박 과장의 부연설명이 이어졌다.

"후세인굴루 바기로프(Huseingulu Bagirov) 환경천연자원부 장관 비서실에 재직했었다고 합니다."

현수는 고개를 끄덕였다.

"반갑습니다. 또 오셨네요."

"미스터 바실리! 이분은 우리 회사 부사장님이십니다."

둘의 대화는 영어로 이루어졌다.

"오! 젊은 분이시군요. 반갑습니다. 바실리입니다."

바실리는 저도 모르게 아제르바이잔어로 인사했다. 남카프카스의 아제르바이잔과 이란 북서부에서만 쓰이는 언어이다.

"만나서 반갑습니다. 천지건설의 김현수입니다."

"……? 와아, 우리 말 참 잘하십니다."

바실리의 동공이 급격하게 팽창한다. 동양에서 온 사내의 입에서 너무도 유창한 아제르바이잔어가 흘러나온 때문이다.

곁에 있던 박 과장은 러시아어로 대화하는 거라 생각한 듯 별 무표정이다.

"미스터 바실리! 대통령 비서실로부터 긴급히 방문해 달라는 통신을 받았습니다. 곧장 갈 수 있을까요?"

"전화번호를 주시면 제가 연결해 보겠습니다."

또다시 영어 대화였다. 박 과장이 메모해 둔 전화번호를 주자 근처에 있는 공중전화에서 통화를 한다.

당연히 아제르바이잔어이기에 박 과장은 무슨 내용인지 몰라 멀뚱멀뚱이다. 하나 현수는 아니다.

대통령 비서실로 걸린 전화는 세 사람을 거쳐 비서실장과 연결되었다. 바실리로부터 몇 가지 확인을 하곤 곧장 데리고 오라는 내용의 대화였다.

"미스터 박! 지금 바로 오라고 합니다."

"알겠습니다. 가죠."

공항을 빠져나와 곧바로 이동했다.

개발이 덜 되었고, 알려지지 않아 그렇지 웬만한 유럽의 도시보다 훨씬 세련된 모습이다.

건물들은 큼직큼직했고, 아름다웠다.

그렇게 한참을 이동하자 상아색 건물이 눈에 뜨인다. 10층

씀 되어 보이는데 아파트인 듯싶다.

"다 왔습니다. 저 건물이 대통령 집무실입니다."

"……!"

방금 아파트일 것이라 생각했던 건물을 가리킨다.

대통령 집무실 앞에 의례히 있을 것이라 생각했던 군인이나 경찰도 보이지 않는다. 비교적 자유스런 모양이다.

바실리의 낡은 벤츠가 멈추자 기다렸다는 듯 누군가 나타나 문을 열어준다.

"아제르바이잔에 오신 것을 환영합니다."

"네, 감사합니다."

현수가 대꾸하자 안으로 들어가라는 듯 손짓한다.

건물 로비엔 여러 사람이 서 있다. 시키는 대로 들어가자 선두에 있던 사내가 손을 내민다.

"아제르바이잔에 오신 것을 환영합니다. 천연환경자원부 장관 후세인굴루 바기로프입니다."

"아! 네에, 이렇게 만나 뵙게 되어 반갑습니다. 대한민국 천지건설의 부사장 김현수입니다."

"오! 우리 말을 아주 잘하시는군요."

바기로프 장관은 40대로 보이는 잘생긴 백인이다. 현수의 능숙한 아제르바이잔어에 감탄한 듯 환한 웃음을 짓는다.

"아직 잘하는 건 아닙니다. 더 배워야지요. 앞으로 큰일을 같이 해나갈 나라의 언어이니까요."

"아! 그렇습니까? 아주 좋은 생각이십니다."

장관과 대통령은 한국엘 다녀간 적이 있다. 그렇기에 한국에 대해 제법 알고 있을 것이다.

엘리베이터를 타고 8층 접견실까지 가는 동안 이런저런 이야길 한다.

한국토지공사는 2038년까지 인구 50만 명을 수용할 수 있는 7,200만㎡ 규모의 아제르바이잔 신도시 건설사업 총괄관리(PM · Program Management)를 계약한 바 있다.

불과 5~10년 사이에 대규모 인구를 수용할 수 있는 첨단도시를 만들어낼 능력을 가진 나라는 오로지 한국뿐이라 인정한 결과이다.

1단계 PM사업이기에 계약금액은 약 450억 원이었다.

여기서 한발 더 나아가 본격적인 신도시 건설로 영역을 확대할 경우 그 규모는 엄청나진다.

2~3단계 사업관리 및 설계용역과 건설관리만 수주해도 1조원을 훌쩍 뛰어 넘는 계약이다.

설계뿐만 아니라 시공 패키지까지 수주하면 약 583억 달러(70조 원)짜리 공사가 된다.

장관의 의도는 앞으로 잘해보자는 뜻일 것이다.

현수는 적당히 맞장구를 쳐줬다.

띵—!

엘리베이터가 열리자 정장을 걸친 사내가 정중히 고개 숙여 예를 갖춘다.

"대통령 수석보좌관 라미즈 메디에프(Ramiz Mehdiyev)입니다. 어서 오십시오."

"네, 반갑습니다. 천지건설 부사장 김현수입니다."

"대통령님께서 기다리십니다. 안으로 드시지요."

안내를 받아 들어가니 고풍스런 인테리어가 일품인 접견실이 드러난다.

현수가 들어가고 얼마 지나지 않아 문이 열리고 중후한 사내가 들어선다. 아제르바이잔 대통령 일함 알리예프이다.

1961년생이니 만 52세이다. 콧수염이 인상적이다.

"대통령님이십니다."

바기로프 장관의 말에 얼른 자리에서 일어났다.

"먼 길 오느라 애쓰셨습니다. 일함 알리예프입니다."

"반갑습니다. 천지건설 부사장 김현수입니다. 대통령님을 이렇게 만나 뵙게 되어 영광입니다."

"와우! 우리 말 참 잘하네요."

놀랐다는 듯 눈을 크게 뜨며 웃는다.

잠시 후, 자리에 앉았다.

가장 상석엔 대통령이 앉았고, 그를 중심으로 좌측엔 메디에프 수석보좌관과 바기로프 장관이 앉았다.

현수와 박 과장은 우측에 자리했다.

"귀국 대통령님을 뵈었었는데 유감입니다."

알리예프 대통령은 대한민국을 국빈자격으로 방문한 바 있다. 그때 노무현 전 대통령과 만나 상호 신뢰와 존중을 바탕으로 양국 간 협력관계를 발전시켜 나가기로 하였다.

하여 한—아제르 공동성명을 발표한 있다.

알리예프 대통령은 노무현 전 대통령의 서거에 대한 유감을 표한 것이다.

"네에. 안타까운 일이지요."

현수가 고개를 끄덕이자 대통령이 말을 잇는다.

"그나저나 김현수 부사장님은 참 대단한 분입니다. 콩고민주공화국과 러시아에서 한 일을 보고 받았습니다."

"아! 네에. 운이 좋아 그리된 겁니다."

"하하! 운이라니요, 능력이죠. 모처럼 먼 길을 오셨는데 이곳에서도 좋은 성과가 있었으면 좋겠습니다."

"저도 그랬으면 좋겠습니다."

모두들 화기애애한 분위기가 되었다.

"자, 차부터 한 잔 드시지요."

알리예프 대통령이 먼저 잔을 들자 모두들 따라서 커피 잔을 든다. 이때 현수의 입술이 달싹였다.

"오펜시브 참!"

샤르르르르르릉—!

눈에 보이지 않는 마나가 알리예프 대통령을 비롯하여 메디에프 수석보좌관과 바기로프 장관, 그리고 박진영 과장에게 스며든다.

하지만 이를 느끼는 사람은 아무도 없는 듯 모두들 커피 한 모금씩을 머금는다. 현수 역시 아무렇지도 않은 표정으로 진한 커피 맛을 음미했다.

"자아, 그럼 본격적으로 사업 이야길 해볼까요?"

"그러시죠."

대화가 시작되었다. 박진영 과장은 아제르바이잔어를 전혀 모르기에 꿔다놓은 보릿자루처럼 입도 벙긋 못해 보았다.

하지만 한 가지는 확실하다. 분위기가 매우 좋다는 것이다. 하여 이 사람 저 사람의 표정을 유심히 살핀다.

그러는 동안 허심탄회한 대화가 오갔다.

경쟁사들이 제시한 조건은 모두 파악되었다. 오펜시프 참 마법의 위력 덕분이다.

요즘 들어 달러화의 가치가 떨어졌기에 공사비는 172억 달러(20조 6,400억 원)로 내정되었다.

이 중 90억 달러는 이실리프 뱅크가 제공한다. 전액 천지 건설에 지급할 공사비이다.

천연환경자원부 장관이 공사비 결재를 승인한다는 사인만 하면 한국 내에서 천지건설로 곧장 송금키로 했다.

차관형태로 빌려준 금액은 원유와 천연가스로 받기로 했다. 아제르바이잔 입장에선 손해가 아니고, 현수 입장에서는 에너지 자원 확보라는 효과가 있는 거래이다.

대화는 두 시간 가까이 이어졌다.

"하하! 김현수 부사장님처럼 화통한 분을 만나게 되어 아주 유쾌합니다."

"저도 대통령님을 뵙게 되어 참 좋습니다."

"우리 앞으로 잘해봅시다."

"네, 서로에게 이득이 될 일이 많았으면 좋겠습니다."

알리예프 대통령 등은 기분이 좋은 듯 연신 파안대소를 터뜨린다. 이때 바기로프 장관이 입을 연다.

"대통령님! 그럼 유화단지 공사는 확정된 걸로 하고 본 계약 체결을 준비토록 하겠습니다."

"그래주십시오. 중요한 논의는 다 된 듯하니 최대한 빨리 계약을 체결하고 공사를 시작하십시다."

"저는 이만 물러가 준비할 것을 준비한 뒤 다시 오도록 하겠습니다."

"그러십시오. 다시 만나는 날엔 아름다운 부인도 같이 오십시오. 성대한 연회를 준비하겠습니다. 하하하!"

"네, 같이 오겠습니다. 감사합니다."

박진영 과장은 뭔가 잘된 것 같기는 한데 확인할 수 없는 상황이 곤혹스러운지 계속 눈치만 보고 있다.

"바로 가실 건 아니지요?"

"네, 하룻밤 머물고 가겠습니다."

"그럼, 오늘은 쉬시고 내일 아침식사라도 같이 합시다."

"초대해 주신다면 기꺼이 응하겠습니다."

"메디에프 수석보좌관! 김 부사장님과 일행을 모시는 데 소홀함이 없도록 하세요."

"네, 알겠습니다. 대통령님!"

대통령 집무실을 나선 현수는 곧장 포 시즌즈 호텔로 향했다. 고풍스런 분위기가 느껴지는 특급호텔이다.

안내된 객실은 투 베드 스위트룸이다. 하룻밤 숙박비만 330만 원이 넘는다.

"휴우~!"

모두가 물러가고 둘만 남게 되자 박 과장이 넥타이를 풀며 긴 한숨을 쉰다. 긴장의 연속이었기 때문이다.

분위기는 화기애애했지만 어떤 내용의 대화인지 알지 못해 몹시 답답했던 이유도 있다.

"조금 쉬었다가 관광이나 합시다."

"네? 아, 네에. 근데 어떻게 된 겁니까? 분위기는 좋았는데 성과가 있는 겁니까?"

"……!"

현수는 대꾸 대신 박 과장을 바라보았다. 몹시 궁금하다는 듯 시선을 피하지 않는다.

"박 과장님! 우리 안(案)대로 계약하기로 했습니다."

"네에? 정말이요?"

많은 이야기가 오갔을 뿐 계약서 작성까지는 아직 여러 난관이 있을 것이라 생각하고 있었다.

그런데 뜻밖의 이야기를 하니 놀랐다는 표정이다.

"곧바로 본사에 연락해서 계약서 작성 준비하라고 하세요. 공사비는 172억 달러입니다."

"헐! 부사장님 혹시 마법사세요?"

넋이 반쯤 나간 표정으로 물은 말이다.

"맞아요, 마법사! 대단하죠?"

농담처럼 싱긋 웃어 보이자 고개를 설레설레 흔든다.

"어떻게 이렇게 쉽게! 이건 말도 안 되는 일이에요."

박 과장이 실제로 너무 어이없다 느끼고 있다. 본인이 아무리 애를 써도 안 될 것 같던 일이다.

그런데 처음 본 사람들과 두어 시간 이야기하곤 엄청난 공사를 수주했으니 연락하란다.

어찌 황당하지 않겠는가! 하여 정신적 공황상태가 되었다.

이때 현수의 말이 이어진다.

"오늘의 결과가 쉽게 이루어진 거 같아요?"

"그럼 아닙니까? 부사장님은 여기 처음 오셨고, 여기 사람들과도 처음 만난 거잖아요. 그런데 어떻게?"

너무도 어이가 없는지라 말을 끝맺지도 못한다.

"오늘 우리가 나눈 대화가 어느 나라 말인 거 같습니까?"

"그거요? 러시아어 아닙니까?"

마치 말썽쟁이가 반항하는 듯한 어투이다.

"아뇨! 아제르바이잔어입니다. 나는 오늘 이곳에 오기 전까지 아제르바이잔어를 독학했습니다."

"헐! 말도 안 돼!"

자습서도 없을 법한 남의 나라 언어를 혼자서 익혀서 모국어 수준으로 대화를 나눴다는 뜻이다.

당연히 기가 막힐 일이다.

박 과장은 멍한 표정으로 현수를 바라본다.

"한국외국어 대학에 아제르바이잔어과가 있습니다. 귀국하는 대로 졸업생들을 찾아 취업시켜야 할 겁니다."

"아! 그렇지요. 네, 알겠습니다."

박 과장은 혹시 잊을지 모른다는 듯 얼른 다이어리에 메모한다. 일이 성사되면 통역할 사람이 필요하기 때문이다.

"우리 기술진에게 여산, 울산, 대산 유화단지를 견학하라는 것도 잊지 말아요."

"물론입니다."

"이거보다 더 큰 공사 있는 거 알죠?"

"이것보다 더 큰 공사요?"

박 과장은 무슨 뜻이냐는 표정이다.

"안주에 조성될 이실리프 유화단지 잊었어요?"

"아! 그거요. 그거 진짜였습니까?"

"당연하죠. 이번 건보다 몇 배나 크니 준비 단단히 해야 합니다."

"알겠습니다. 유념토록 하겠습니다."

박 과장의 고개가 크게 위아래로 움직인다. 이때 현수의 입술이 다시 한 번 달싹였다.

CHAPTER 13
주인님! 이거 몸에 좋은 거예요

"앱솔루트 피델러티!"

샤르르르르릉—!

절대충성 마법이 구현되자 박 과장의 눈빛이 미묘하게 바뀐다. 조금 전까지만 해도 우호적인 눈빛뿐이었는데 거기에 존경하고 흠모하는 빛까지 곁들여진 것이다.

한때 연적이었고, 못살게 군 장본인이기도 하지만 현수는 인재 부족에 시달리고 있다.

그렇기에 내 사람을 만들어서 쓸 생각을 한 것이다.

"참! 본사에 알려야 하지 않겠습니까?"

"그래야지요. 박 과장이 보고하세요."

"제가요?"

이런 일은 가장 공이 큰 사람이 보고한다.

박 과장은 분명 많은 일을 했고 애도 썼다. 하지만 결정적 기여는 현수이다. 그렇기에 주저하는 표정을 짓는다.

"나는 샤워를 할게요. 사장님께 직접 보고하세요."

말을 마친 현수는 넥타이를 풀며 욕실로 향했다.

"네? 아, 네에. 알겠습니다."

얼떨결에 대답한 박 과장은 잠시 심호흡을 하며 생각을 정리했다. 어떻게 보고할 것인지를 가다듬어 본 것이다.

아제르바이잔의 수도 바투와 서울의 시차는 5시간이다.

이곳은 밤이지만 서울은 아직 낮이다. 그렇기에 비서실을 통한 통화는 어렵지 않게 연결되었다.

"사장님! 저, 기획영업단 박진영 과장입니다."

"어! 그래. 간 일은 어떻게 진행되고 있나? 그쪽 사람들은 만나 보았나?"

황만규 주임의 보고가 올라갔기에 신 사장은 현수가 이곳으로 향한 것을 알고 있었다.

"네, 사장님! 아제르바이잔 대통령님과 주무장관인 천연환경자원부 장관님과의 협상이 조금 전까지 있었습니다."

"그래? 잘 진행되고 있지? 뭔가 걸림돌이 있는가?"

"아뇨, 그런 건 없습니다."

"그래? 그럼 뭐 보고 할 거 있나?"

"네, 사장님! 여기 건 우리 회사가 수주했습니다. 김현수 부사장님이 나서서 단번에 해결을 봤습니다. 계약서 준비하랍니다."

"뭐어? 그, 그게 정말인……."

신 사장이 뭔가 이야기를 이으려 할 때 박 과장의 말이 터져 나온다. 마치 방언하듯 속사포였다.

"김현수 부사장님 정말 대단하십니다. 이쪽의 누군가가 지나건축공정총공사와 벡텔에 우리 쪽 정보를 몽땅 흘려서 계약이 어려울 줄 알았습니다. 그런데 부사장님이 나서서 단번에 계약 이야기까지 끝냈습니다."

"……!"

신형섭 사장이 뭔가 이야기하려는 조짐을 보이는데 박 과장의 말이 또 이어진다.

"공사비는 172억 달러랍니다. 턴키 베이스구요. 아무튼 우리가 계약했습니다. 우리 부사장님 정말 대단하십니다. 독학으로 아제르바이잔어를 모국어 수준으로 익히셨습니다."

"뭐라고?"

"그리구요. 우리 김현수 부사장님은요……."

박 과장은 아이돌그룹을 열렬히 쫓아다니는 빠순이처럼

현수를 찬양했다.

같은 순간, 지구 저편의 신형섭 사장은 주먹을 불끈 쥐고는 '아싸! 가오리!' 라는 표정을 짓고 있다.

박 과장이 뭐라 뭐라 지껄이고 있지만 하나도 들리지 않는다. 아제르바이잔 석유단지 조성공사를 천지건설이 단독으로 수주했다는 생각에 너무 기뻐서이다.

공사비는 172억 달러이고, 이번에도 현수가 큰 공을 세웠다. 역시나라는 표정으로 수화기를 들고 있다.

뭔가를 보고하려 들어서던 조인경 대리는 이런 신 사장을 보고 웃었다. 너무도 익살스러워 보인 때문이다.

다음 날 아침, 현수와 박 과장은 알리예프 대통령 일행과 조찬을 함께했다. 화기애애한 정도를 넘어 죽마고우가 만나서 식사하는 분위기였다.

식사를 마친 후엔 실무자들이 줄줄이 불려 들어와 인사를 나눴다. 박 과장은 그들의 신상을 기록하느라 여념이 없었다.

식사 후 곧바로 출국했다.

박 과장을 데리고 킨샤사로 갈 수는 없기에 터키 이스탄불에 내려놓았다. SBJ는 곧장 콩고민주공화국으로 향했다.

* * *

"자기야!"

킨샤사 저택의 현관을 들어서니 연희와 이리냐가 달려든다.

퍼억─!

"윽─!"

너무 빨리 달려온 데다 둘이 한꺼번에 안기자 뒤로 밀리며 휘청거렸다.

"자기! 미워요."

"맞아! 너무했어요."

"미안, 미안! 그동안 너무 바빴어. 그나저나 잘 있었지?"

"그럼, 그럼요!"

연희와 이리냐가 환한 웃음을 짓는 동안 피터스 가가바와 그의 아내 엘린 가가바, 그리고 본관 2층을 책임지는 알리사, 마리나, 세레나 등도 환한 미소를 짓는다.

저택의 안주인들이 요즘 자주 한숨을 쉬었기 때문이다.

"자기야! 어서 올라가요."

이리냐가 응석받이 아이처럼 몸을 흔든다.

"잠깐만! 부모님과 장모님들께 인사 먼저 드리고."

"아! 네에, 같이 가요."

부모님과 장모님들은 빈관에 머물고 있다. 하여 잘 가꿔진 정원을 지나쳤다. 이때 아리아니가 입을 연다.

"주인님! 여긴 숲이 많네요."

"그래! 여긴 오염이 될 되었지?"

"네, 여긴 좋아요. 구경하면서 조금 놀다 올게요."

"그래!"

말 떨어지기 무섭게 날아오른다. 그리곤 저택 뒤쪽으로 가 버렸다.

"참! 여긴 일부러 조성하는 곳이니까 식물들 막 자라게 하면 안 돼. 알았지?"

마나에 의지를 실어 보내자 금방 뜻을 전한다.

"알았어요. 일단은 구경만 할 거예요."

"아버지, 어머니! 저 왔습니다."

"응! 왔어? 온다는 말 못 들었는데."

"죄송합니다. 너무 바빠서 미리 연락도 못 드렸습니다."

"에구, 큰일 하는 사람이니 그렇지. 어디 아픈 덴 없지?"

"그럼요! 장모님도 안녕하시지요?"

강진숙 여사가 고개를 끄덕인다. 근심을 모두 덜어내고 마음이 편해져서 그런지 몇 년은 젊어 보인다.

이때 화장실에 갔던 안나 여사가 온다.

"Ма ть в за коне! Ка к дела?"

"О!Очень прнятно."

안나 여사가 반색하며 다가온다.

"아버지, 어머니! 그리고 두 분 장모님 설날에 세배도 못 드렸습니다."

"설날? 아, 그렇구나. 지났냐?"

아버지도 설날을 생각지 못하신 모양이다.

"네, 1월 말일이었습니다."

"그랬구나. 여기 날씨가 더워서 설날은 생각도 못했다."

어머니도 그런 듯하다.

"늦었지만 세배 드리겠습니다."

"그래, 결혼하고 첫 설이니 며늘아기들과 같이하거라."

"네에."

현수가 큰절을 올리기 위해 한 발짝 뒤로 물러서자 기다렸다는 듯 연희와 이리냐가 좌우에 선다.

"아버지, 어머니! 새해 복 많이 받으시고 건강하세요."

현수를 따라 둘이 절을 한다. 연희는 한국 사람이니 절하는 게 전혀 어색하지 않지만 이리냐는 아니다.

배우긴 배웠는데 몸에 익지 않아 그런지 어설프다.

쿵—!

결국 엉덩방아를 찌었다.

하지만 아프다고 울상을 짓거나 하지는 않는다. 설날에 부모에게 큰절 올리는 게 어떤 의미인지 배운 것이다.

"그래! 그래. 이제 예쁜 손주만 안겨주면 된다."

"네, 어머님! 최대한 빨리 손자 안겨 드릴게요."

"저도요."

연희와 이리냐가 예쁜 미소를 짓자 부모님 모두 흐뭇하다는 표정이다. 결혼을 했으니 조만간 할아버지 할머니가 될 거라는 생각을 하는 중이기 때문이다.

"장모님, 절 올리겠습니다."

"아이고 아니네. 아닐세. 사장어른과 사부인도 계시는데 내가 어찌……. 아니네."

강진숙 여사가 화들짝 놀라며 물러서자 어머니가 나섰다.

"사부인! 아이들 결혼하고 첫 세배예요. 그냥 받으세요. 우리 신경 쓰지 말구요."

"그래도 어찌……!"

"우리 많이 친해졌잖아요. 그러니 부담 갖지 마세요."

"……!"

"안나 사부인도 같이 받으세요."

"저도요?"

한국말이지만 안나는 알아듣는다. 통역마법이 인챈트된 목걸이를 걸고 있기 때문이다.

"네에, 안나 사부인도 장모님이잖아요."

"……!"

"앉으세요. 절 올릴게요."

잠시 후 둘은 어색한 표정으로 앉았다.

"두 분 장모님! 새해 복 많이 받으시고 건강하세요."

"엄마! 건강하세요."

"엄마도 건강하세요. 복 많이 받으시구요."

연희와 이리냐가 따라서 절을 했다. 이리냐는 이번에도 엉덩방아를 찌었다.

"사위도 건강하시게."

"사위! 우리 이리냐 많이 아껴줘."

"그럼요! 당연합니다."

세배를 마치고 나니 잠시 기다리라고 한다. 잠시 후 식사 준비되었다며 식당으로 부른다.

어머니는 그 짧은 시간 동안 떡국을 끓여내셨다.

"와아! 떡국이네요."

"그렇지 않아도 이게 먹고 싶어 준비했다. 선견지명이 있었던 거지."

"네에, 과연 어머니세요."

모두가 환히 웃고는 맛있는 식사를 했다.

식사 후엔 빈관과 경호동을 둘러보았다. 공사가 끝나 깔끔하게 청소된 모습이다.

체력단련실에서 운동하던 경호원들이 일제히 다가와 인사를 하느라 잠시 소란스러웠던 것만 빼면 다 좋았다.

"그동안 별일 없었지?"

"네, 자기가 없어서 심심한 거 빼면 다 좋아요."

연희의 대답이었다. 이곳엔 변변한 문화시설이 없다.

그럼에도 이런 대답을 한 이유는 민주영과 이은정 때문이다. 둘은 이곳의 존재를 안다.

그렇기에 물심양면으로 협조를 아끼지 않고 있다.

그 결과가 도서관과 시청각실이다. 연희가 인터넷으로 연락하면 필요한 것들 족각족각 보내주는 중이다.

책과 DVD뿐만이 아니다. 식료품이든 화장품이든 말만 하면 도착한다. 심지어 강아지도 보내준다.

현재 저택 마당에는 진돗개 두 마리가 돌아다니고 있다. 생후 5개월밖에 안 된 녀석들이다. 강아지를 좋아하는 연희가 길러보고 싶다 하자 보내준 것이다.

본관 2층으로 간 현수는 샤워를 마치고 차 한잔을 했다. 그리고 잠시 후 열풍이 불었다.

연희가 먼저 나가떨어지고, 한참 있다 이리냐마저 곯아떨어졌다. 그러고도 체력이 남은 현수는 저택을 둘러보았다.

"주인님! 저쪽에 몸에 좋은 거 있어요."

어느새 아리아니가 다가와 어깨 위에 앉는다.

"몸에 좋은 거? 뭔데?"

"가요, 가요! 저쪽으로……."

아리아니가 무엇을 보고 왔는지 가보자고 잡아끈다. 하여 따라가 보았다. 아무리 봐도 잡초 같은데 그걸 가리킨다.

"이게 몸에 좋은 거야?"

"응! 드래곤들도 가끔 먹는 거야요."

뭔지는 모르지만 몸에 좋다니 일단 사진을 찍어두었다. 나중에라도 헷갈리지 않기 위함이다.

"근데 이게 어디에 좋은 건데?"

"그건 나도 몰라요. 뽑아서 뿌리를 먹어요."

"뿌리를?"

인삼 비슷한 건가 싶어 조심스레 뽑았다.

"홍당무인가? 근데 색깔이 왜 이렇지?"

크기와 모양이 딱 그만하다. 다른 게 하나 있다면 보라색이라는 것뿐이다.

"홍당무랑은 다른 건가?"

"주인님! 그거 먹어요. 몸에 좋을 거예요."

"정말이지?"

"그럼요! 내가 봤다니까요. 드래곤들이 먹는 거 봤어요."

"그래? 알았어. 워싱!"

마법으로 뿌리에 묻은 흙을 닦아내곤 한 입 베어 물었다.

쌉싸름한 맛이다. 다 먹었지만 별다른 느낌은 없었다.

"별거 아닌가 본데?"

"그럴 리 없어요. 드래곤들은 장가가는 날이면 그거 꼭 먹어요. 그러니까 몸에 좋은 거예요."

"뭐야?"

현수는 어이가 없었다. 아리아니는 드래곤을 맹종하는 존재였다. 그렇기에 드래곤이 하는 건 뭐든 다 좋다 생각하는 습관이 있다. 그렇기에 먹으라 하였던 것이다.

"이런……!"

조금 전에 먹은 정체 모를 식물의 뿌리는 분명 최음 효과가 있던지 비아그라 효과가 있는 것이 분명하다.

아리아니의 순진함 덕분에 뻗어 있던 연희와 이리냐는 밤새도록 몸살을 앓게 된다. 그러다 지쳐서 곯아떨어지면 어웨이크와 바디 리프레쉬 마법이 구현되었다.

아리아니가 몹쓸 물건을 먹인 셈이다.

킨샤사에 당도한 첫날은 이렇게 하여 지나갔다. 새벽 5시 반쯤 되었을 때 연희와 이리냐가 항복을 한다.

"자기야! 이제 그만. 나 이제 자기야가 무서워요."

"현수 씨! 나도. 자기 때문에 나 손가락 하나 까딱할 기운 없어요. 그러니까 몇 시간만이라도 그냥 놔둬요."

"……!"

둘은 애처로운 표정으로 고개를 설레설레 흔든다. 그제야 머쓱해진 현수는 고개를 끄덕였다.

"미안해! 내 생각만 했네. 알았어. 쉬어! 슬립!"

둘 다 재워놓고 나온 현수는 마타디항으로 텔레포트했다.

그곳에서 새로운 컨테이너들을 구입했다.

몇 번의 거래를 통해 안면을 익힌 상인은 말하지도 않았건만 스스로 가격을 낮춰줬다. 현수가 아니면 팔리지도 않을 것이기에 재고 처리한 것이다. 다음은 천지약품으로 이동했다. 아직 이른 아침이라 그런지 인적이 느껴지지 않았다.

탕, 탕, 탕—!

"본부장님! 계세요? 계세요?"

몇 번을 두드리고 소리치자 반응을 보인다.

"하아암, 누구세요?"

문을 열고 나선 건 처음 보는 20살쯤 된 흑인 청년이다.

"누구 찾아요?

"네. 이춘만 본부장님을 만나러 왔는데 안 계신가요?"

"사장님이요? 사장님은 여기서 안 주무세요."

"그럼 어디에?"

"저기 저쪽에 저 집 보이지요? 저기가 사장님 댁이에요."

말을 마친 청년을 볼일 다 봤다는 듯 문을 닫고 들어가 버린다. 아침잠 깨운 게 불만인 모양이다.

"이런! 쩝……."

뒤돌아선 현수는 나직이 혀를 찼다.

왠지 집에서 푸대접받은 기분이 든 때문이다.

천지약품은 현수와 이춘만 본부장의 지분율이 50 : 50이다. 따라서 현수도 사장이다. 그런데 직원이 사장의 얼굴을 몰라 문 닫고 들어가 버리니 어이가 없었던 것이다.

"그나저나 저 집이라고 했지?"

방금 전 청년이 가리킨 집은 주변의 다른 집들과 달리 반듯하고 크다. 새로 지은 듯한데 완공된 것 같지는 않다.

바로 옆에 가설재들이 얼기설기 얽혀 있다.

띵동~! 띵동~! 띵동~! 띵동~!

"근데 이 집이 맞나?"

초인종을 눌러놓고도 괜스레 불안하다. 혹시 다른 사람의 집이면 새벽부터 한 소리 들을 듯하기 때문이다.

"누구세요?"

잠이 덜 깬 음성이기는 하지만 분명한 한국어이다. 그리고 중년 여성의 음성이다.

'맞나보네. 근데 누구지?'

"누구시냐니까요."

다소 짜증 섞인 반응이었기에 얼른 대답했다.

"저어, 여기가 이춘만 본부장님 댁 맞습니까?"

찌이잉—! 딸깍!

더 들을 것도 없다는 듯 문이 열린다.

조심스레 열고 들어서니 너른 마당이 드러난다.

기화이초까지는 아니지만 제법 세심한 손길을 받은 듯 잘 가꿔져 있다.

바깥쪽에서 본 것처럼 건물의 뒤쪽은 공사 중이다.

마당을 지나 현관으로 다가가니 누군가 문을 연다. 40대 후반~50대 초반의 파마머리 아줌마다.

"아침부터 누구시죠? 본사에서 오셨어요?"

"네? 아, 네에. 본사라면 본사 맞습니다. 근데 본부장님은 아직 주무시나요?"

"이것 보세요. 지금이 몇 신 줄 알아요? 와도 너무 일찍 온 거잖아요. 본부장님은 지금 주무시니까 어느 부서 누군지 직위와 성명을 말해봐요. 깨면 전해 드릴 테니."

시계를 보니 7시도 안 된 시각이다. 확실히 남의 집을 방문하기엔 적합하지 않은 시각이다.

"아! 제가 너무 일찍 왔군요. 죄송합니다."

"됐구요. 어느 부서 누구예요?"

아줌마는 약간 불쾌한 표정이다.

"아! 네에, 저는 김현수라 합니다. 본부장님 깨시면 천지약품 사무실에서 기다린다고 전해주시겠습니까?"

"네? 누구요?"

아줌마가 화들짝 놀란 표정으로 눈을 크게 뜬다.

"김현수라고 전해주시면 아실 겁니다. 그럼 이만! 새벽부터 실례 많았습니다. 죄송합니다."

얼른 고개 숙여 사과하고는 몸을 돌렸다. 이때 아줌마가 벼락같이 소리를 친다.

"안 돼요! 가지 말아요. 미안해요. 김현수 부사장님인 걸 몰랐어요. 잠깐만 기다리세요. 우리 그이 깨울 테니까요."

"아! 사모님이셨습니까?"

"네? 네에."

"처음 뵙습니다. 김현수입니다."

다시 고개 숙여 예를 갖췄다.

"미, 미안해요. 자, 잠깐만요."

아줌마는 잠옷차림이었다는 것을 깨달았는지 화들짝 놀라더니 쏜살처럼 안으로 들어간다.

잠시 후, 이춘만 본부장이 눈을 비비며 나왔다.

"아이고, 이게 누구신가? 어서 오시게."

"그간 안녕하셨지요?"

"그럼, 우리 부사장님 덕분에 아주 잘 먹고 잘살고 있었네. 자, 거기 그러고 있을게 아니라 어서 들어오시게."

"아닙니다. 사모님도 계시는데……."

"아냐, 아냐! 그 사람 지금 도망갔어."

"네? 그게 무슨?"

"자네에게 무례하게 굴었다고 그러면서 볼 면목이 없다고 뒷문으로 도망갔네. 그러니 들어오시게."

"헐……!"

나직한 탄성을 내자 이춘만 본부장이 잡아끈다.

"자자, 들어가자니까, 아직 공사 중이라 주변이 어수선하긴 해도 안쪽은 그런대로 괜찮네. 커피 괜찮지?"

"네? 아, 네에. 그나저나 처음 본부장님 댁을 방문하면서 아무것도 안 가져왔네요. 세제나 휴지 사와야 하는데."

"아이고, 이 사람아! 우리 사이에 무슨……. 당연히 그냥 오는 거지. 자자, 어서 들어오시게."

이춘만 본부장을 따라 안으로 들어가니 아직 정리가 덜 된 살림들이 여기저기 늘어져 있다. 그걸 보곤 이유를 설명한다.

"그저께 입주했네. 집사람이 와서."

"아! 네에."

현수는 가볍게 고개를 끄덕였다. 캐나다에서 가져온 듯한 캐리어가 풀어헤쳐져 있는 것이 보인 것이다.

"어떻게 된 겁니까?"

"어떻게 되긴? 자네 말대로 했네. 마누라한테 전화해서 '나 외롭고 지쳐서 혼자 살기 힘들 것 같다' 고 했지."

"그랬더니요?"

"득달같이 짐 싸서 왔네. 크크, 내가 현지처라도 얻으려는 것으로 생각했대."

"아! 네에."

웃으면서 한 이야기지만 내용은 슬프다.

남편은 국내도 아닌 외국, 그것도 문화시설이나 편의시설이 열악한 아프리카에서 번 돈 전부를 송금해 줬다.

아내는 자식 교육을 위한다는 명목으로 자가용 타고 다니면서 문화시설들을 섭렵했을 것이다.

그러다 남편이 벼락출세를 해서 돈을 잘 벌게 되었다. 그런데 외롭다는 메시지를 보냈다.

대놓고 말한 건 아니지만 외로움을 견딜 수 없어 새로운 여자를 얻겠다는 뜻으로 해석되었다.

그 즉시 비행기를 타고 왔다. 화수분이나 다름없는 남편을 다른 년에게 빼앗기고 이혼당하긴 싫어서이다.

까놓고 말하면 이춘만 본부장의 부인은 속물이다.

하지만 어쩌겠는가!

자식을 낳아준 어미이다. 게다가 젊어선 열렬히 사랑했던 여인이기도 하다. 다소의 허물이 있더라도 묻어주는 게 남편의 도리라 여겼다.

하여 아직 완공도 되지 않은 이 집으로 입주한 것이다.

이 집이 다 지어지면 아내를 불러들이려 했다. 일종의 서프

라이즈 파티를 구상했는데 헛물만 켠 셈이다.

이 본부장은 현수에 대한 이야기를 많이 했다. 어떻게 해서 이만한 자리에 있는지를 소상히 말한 것이다.

현수가 없었다면 아직도 만년과장 자리에 머물러 있을 것이며, 아들 학비를 대기에도 빠듯했을 것이라 하였다.

당연히 절대로 실례해선 안 될 사람 목록의 첫 번째이다. 그런데 새벽부터 남편의 이런 당부를 무참히 깨버렸다.

면목이 없기에 뒷문 열고 도망친 것이다.

"사모님은 이쪽 지리에 어두우실 텐데 어쩌죠?"

"괜찮네, 마투바가 같이 나갔으니까."

"마투바요? 오빠인 마림바가 데려갔다면서요?"

"그래! 그랬는데 되돌아왔네."

"아! 그래요?"

작별인사도 없이 사라진 후 오랫동안 보지 못한 얼굴이다. 하여 다시 돌아와 반갑다는 표정을 지었다.

"참! 마림바는 반군지도자 중 하나인데 그거 아세요?"

"알고 있네. 대대적으로 정부군과 붙어보려는데 동생들이 거추장스러워 다시 보낸 거네."

"아!"

정부군이라 함은 우호관계에 있는 죠지프 카빌라 대통령과 가에탄 카구지 내무장관 쪽이다.

둘이 붙는다니 마음이 편치 않다. 정부군이 더 조직적이므로 마림바가 체포당하거나 목숨을 읽을 수도 있다.

그때 마투바와 동생들이 슬퍼할 것이기 때문이다.

"언제 공격한다는데요?"

"그건 잘 모르네. 다만 멀지 않은 때라고만 하더군."

"흐으음, 그렇군요. 마투바와 동생들은 건강해요? 마투바는 아직도 술 잘 마시고요?"

"어이구, 그 주당이 어디 가겠는가! 모두 건강하네. 그리고 마투바는 한류에 푹 빠진 빠순이가 되었네."

이 본부장은 하루 종일 모니터를 끼고 사는 마투바가 넌덜머리난다는 듯 고개를 좌우로 흔든다.

어제는 하루 종일 소지섭과 임수정 주연의 '사랑한다, 미안하다'를 보았다. 16부작이나 되는데 거의 다 보았다.

그리곤 훌쩍거리며 눈물을 짜는데 못 봐줄 풍경이었다. 예전 같으면 뭐라고 한마디 했겠지만 어제는 그러지 못했다.

아내가 곁에서 같이 휴지를 뽑고 있었기 때문이다.

"끄으응! 아무튼… 괜히 그건 가르쳐 줘서."

마투바에게 한국말 빨리 배우라고 드라마를 권했는데 후회된다는 표정이다.

"참, 아디스아바바 쪽은 어때요?"

"어! 거긴 며칠 전에 다녀왔는데 많이 진척되었더군. 한창

호건축사 사무소에서 파견한 직원들이 아주 꼼꼼해."

화제가 바뀌자 몹시 흡족하다는 표정이다.

이춘만 본부장은 콩고민주공화국과 에티오피아에 무비자 입국하는 특혜를 얻었다. 양국으로부터 명예 외교관 신분증을 발부받은 것이다. 이는 천지약품이 사회에 미치는 영향이 너무도 좋았던 결과이다.

"그쪽이 얼추 준비되는 것 같으니 일 좀 더하셔야죠?"

"일을 더해?"

"네! 에티오피아에 이어 우간다와 케냐에서도 우리가 들어오길 바란다는군요."

"헐! 거긴 언제 또 작업했나? 정말 대단해! 그나저나 이러다 아프리카 전체에 다 들어가는 거 아닐까?"

"뭐, 오라고 하면 가죠. 우리야 손해 볼 일 아니니까요. 참, 에티오피아에서 주문 받았어요."

"주문? 아직 본격적으로 시작도 안 했는데?"

"마수걸이라는 말 아세요?"

"마수걸이? 알지. 장사꾼들이 맨 처음으로 물건 파는 걸 뜻하는 말이잖아."

뭐 이런 걸 다 물어보냐는 표정이다.

"네, 에티오피아 정부에서 마수걸이 주문을 했습니다."

"뭐, 얼마나 대단한 걸 주문했기에 이래?"

현수와 이춘만 본부장은 이미 통이 커져 있는 상태이다. 그렇기에 웬만한 수량으론 눈도 꿈쩍하지 않을 정도이다.

"홍역, 말라리아, 콜레라 백신 각각 3,000만 명분이요."

"허어!"

아무리 통이 커도 이 정도면 감탄사가 나오는데 당연하다. 수량이 엄청나므로 이익도 많이 발생된다.

그리고 그 이익은 정확히 반분된다. 물론 무료급식소 운영 비용은 먼저 공제된다.

"대금은 금괴로 지급받기로 했습니다. 제가 처분해서 송금해 드릴게요."

"그, 그러게. 세상에! 3,000만 명분이나. 그것도 세 가지를……. 하여간 자넨 뭐든 하기만 하면 대형이군, 못 말려, 정말 못 말릴 사내야. 자넨!"

이춘만 본부장은 진심 어린 감탄을 하며 현수를 새삼 바라본다. 경제 사정도 좋아지고 결혼도 해서인지 확실히 반듯해 보이고, 잘생겨진 듯하다.

딸이 있으면 무조건 사위 삼아야 할 모습이다.

『전능의 팔찌』 32권에 계속…

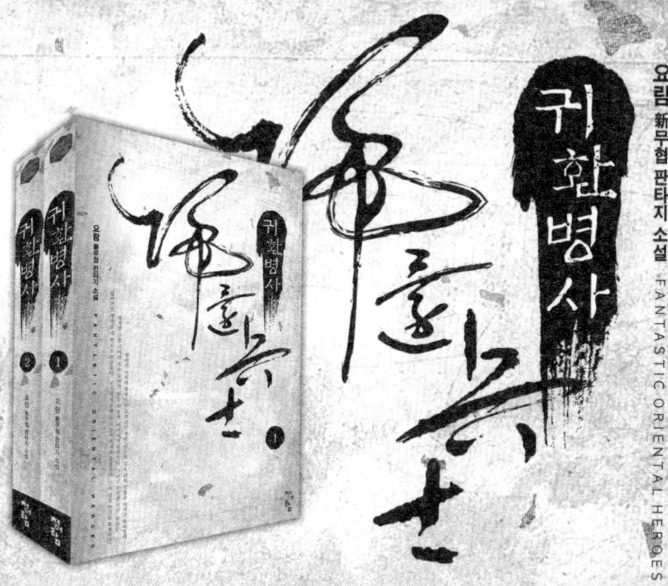
귀환병사
요람 新무협 판타지 소설
FANTASTIC ORIENTAL HEROES